诗情画意
咏人间

·赵振元诗词精句作品集·

赵振元 / 著

作家出版社

图书在版编目（CIP）数据

诗情画意咏人间：赵振元诗词精句作品集 / 赵振元
著． -- 北京 ：作家出版社，2019.10（2020.1重印）
ISBN 978-7-5212-0734-7

Ⅰ．①诗… Ⅱ．①赵… Ⅲ．①诗集－中国－当代
Ⅳ．①I227

中国版本图书馆CIP数据核字(2019)第203562号

诗情画意咏人间——赵振元诗词精句作品集

作　　者：赵振元
总 策 划：宓　月　张小平
责任编辑：田小爽
装帧设计：四川民泺影视文化有限公司
出版发行：作家出版社有限公司
社　　址：北京农展馆南里10号　　　　邮　　编：100125
电话传真：86－10－65067185（发行中心及邮购部）
　　　　　86－10－65004079（总编室）
E - mail: zuojia@zuojia.net.cn
http://www.haozuojia.net.cn（作家在线）
印　　刷：北京通州皇家印刷厂
成品尺寸：170×240
字　　数：250千
印　　张：22.25
版　　次：2019年10月第1版
印　　次：2020年1月第2次印刷
ISBN 978-7-5212-0734-7
定　　价：108.00元

目录

● 御锦湾

● 成都

A. 鹰击长空迎清风

B. 望断南飞雁

诗书画里的蓬勃正能量

■ 何建明

  每次得知赵振元先生的新作品要出版，总是有一种惊喜，因为这是一位"行外人"的创作勤奋者的又一次精彩呈现。

  很不容易，赵振元先生是一位身管千军万马的上市公司"老总"，且本人又是科技领域的高级专家。能够在繁忙的工作之余创作文学作品，这本身就是奇迹。需要指出的是：赵振元先生可不是一般的"文学票友"，他的诗歌和散文诗创作已经达到了相当高的水准！此次这部诗书画集成一书的新作出版时，正值赵先生光荣地成为中国作家协会会员之机，我向他表示隆重祝贺。

  在中国作家协会工作了几十年，知道一些情况。比如近几年来，想入会的人很多，尤其是一些边缘写作者，想入会相对比较难。有的人写了一辈子，出了许多书，但就是入不了会。原因很多，主要问题就是因为文学水准没有达到。其实这不能怪这些文友，因为他们对文学的理解还是有一定距离，所以写作和发表的东西未必能够让专家们看上，因此入会便成了一个不太好逾越的门槛。有人对此很埋怨。我们深知其奥妙，然而话又不能说得太白。于是那些没有入会的人便自然而然地说些不开心的话。赵振元作为科技战线和经济战线的一位重量级人物，成为中国作家协会会员，我认为值得庆贺，是因为他确实是个合格的中国作家协会会员，他的散文诗水准代表了当代中国散文诗的水平。这一点文学界的人还没有认识到，相信会很快认识到。

《诗情画意咏人间——赵振元诗词精句作品集》，是本有意思的作品集，它既有诗，又有书（书法），还有画（照片等），代表了赵振元先生在诗书画三方面的水准与爱好。从这些诗书画作品中，我对赵振元先生有了更全面的认识和了解。我认为他首先是个对生活充满情趣和感情的人，他虽从事经济与科技，却非常"文艺"，而且常"玩"出情趣与水平来！阅读这样的图书是一种享受：看画（照片），先是视觉上的享受和怡心；再读其诗文，便进入了情趣和思想境界；然而再观其书法，感觉到的是赵振元这个人的内心与外在的世界十分精彩……我常有上面这种感受。相信读者会与我有一样的体会和体味。

诗书画在古文人那里是必备的"看家本领"。现代社会分工细了，且科技革命的力量让许多人的才能变得无处所用，因而诗、书、画三种本领成为了三大分工艺术。如果一个人能将这种"文艺法术"融于一身，那就是本领和奇才了！

大师的水平让人敬佩。其实对普通人来说，玩玩诗书画，则是一种状态，一种人生状态。我觉得赵振元先生现在就是进入了这种"状态"。这种生活和心灵世界的"状态"，非常好，也非常健康，既利于个人身心与事业发展，同样也能给社会和时代带来良好的影响。一个人的精神状态如何，决定一个人的人生道路和事业的走向。赵振元先生在经济领域和科技战线干得风声水起，与他的心态有着密切关系。我以为这是他这部诗书画集成作品的最大展现点和最大亮眼点。我对此很欣赏，同时也从中学到不少有益的东西。他的画中可以看出他对亲人、对爱人、对朋友、对社会和对大自然的那种真诚热爱；他的诗句里，则透出的是他对生活、对人生、对社会的深刻和直接的见解；他的书法里，有他习惯性的思维方向和动作传统……见了它们，如同见了赵振元先生本人。因为它们呈现的本质的东西，都是满满的正能量，这很重要，它是诗书画的精神外溢。社会和每个生命体，都需要它。

期待赵振元先生有更多精彩的人生篇章献给广大读者。

2019 年夏于苏州金鸡湖

缅甸·曼德勒

金手洞开千里云，

真玉冰洁胜万物。

2019 年 2 月 7 日上午于 缅甸曼德勒金佛寺

作者注解：

　　进入了曼德勒金佛寺，将金箔贴在释迦牟尼铜像身上，因此手就成了金手，要用金手打开 2019 年充满不确定的迷雾，持续发展。

　　而赤足走在烈日下的金佛寺，脚下踩着不同玉石材料的地板，强烈感受到真假玉的差别，真玉脚下冰凉，十分凉爽，而假玉没有这个感觉，以上是当时的意境。

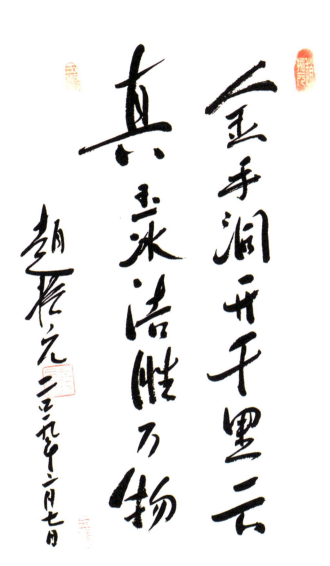

金生丽水润开千里云
真玉出蓝活胜万物

赵长元二〇一四年二月七日

千年佛迹赤足寻，

茫茫人海善先行。

2019 年 2 月 7 日下午 于缅甸曼德勒

作者注解：

  缅甸曼德勒的佛教文化具有千年以上的历史，是著名的佛都，进入缅甸的佛教场所，都必须赤足，这与其他地方不一样。而善是佛教的灵魂与前提。

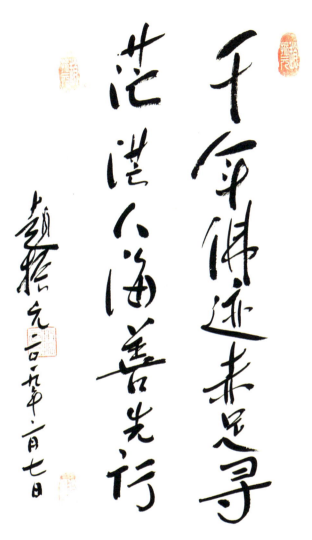

千年佛迹未足寻

茫茫人海善先行

题赵元 二〇一九年·二月七日

缅甸·蒲甘

一路风尘寻塔林，

绿树掩映又一村。

2019 年 2 月 8 日于蒲甘古迹酒店

作者注解：

　　从曼德勒前往蒲甘，在炎热下，经过六个多小时的颠簸公路，到达蒲甘，公路两边都是千年塔林。风尘仆仆入住在绿树掩映的蒲甘古迹酒店，这首诗表达了当时的心情。

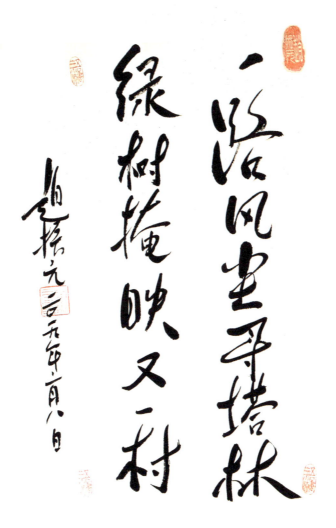

一路风尘寻塔林

绿树掩映又一村

月儿弯弯照九州，

夜披彩装酒意浓。

2019 年 2 月 8 日于蒲甘酒店

作者注解：

夜晚，在皎洁的月光下，我们一行在蒲甘酒店饮酒小聚，而夫人她们则在旁边的购物店购买艳丽的缅甸民族服装，这些服装价格便宜，穿起来非常漂亮。

这首诗表达了当时的意境。

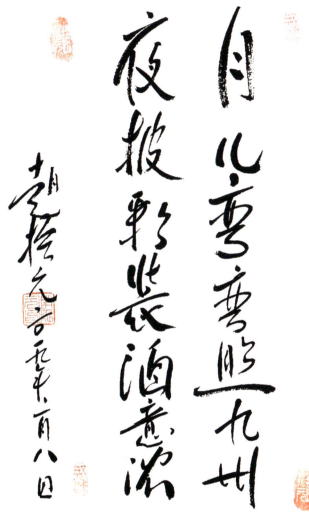

缅甸·仰光

自古华人多磨难，

熬尽冬天是春天。

2019 年 2 月 9 日晚于缅甸仰光

作者注解：

听导游介绍，缅甸的华人，民族只能填为果敢族，不能填自己真正的民族。华人不能参政，不能当兵，华人在缅甸的地位十分低下，可谓受尽磨难。但现在缅甸新政也在逐步改变，华人也开始参政了。

其实，世界各国华人开始都会受到程度不同的岐视，但由于华人中的精英所具有的治国的杰出才能，最终一定会受到重用。美国、加拿大就是很好的例证，这是挡不住的潮流，缅甸如此，全球必如此。

自古华人多磨难

数尽今古竞风流

赵朴初 一九九四年二月书

一池飞架城空间，

晨风吹拂思万千。

2019 年 2 月 10 日晨于缅甸仰光泛太平洋酒店

作者注解：

　　仰光泛太平洋酒店在市中心，酒店的游泳池在二楼，从游泳池水面看市中心，仿佛游泳池飞架在城市的空间。而晨间的景色，更显得安谧而宝贵。

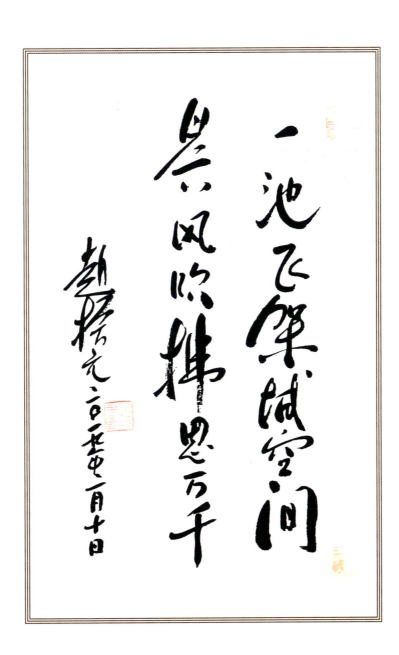

一池飞架跨越空间

长风吹拂排恩万千

赵振元 二〇一五年二月十日

落辉遍洒皇家湖，

乌鸦齐鸣迎宾客。

2019 年 2 月 10 日晚于缅甸仰光皇家湖

作者注解：

晚上，我们在皇家湖畔就餐，到仰光皇家湖时已是夕阳西下，皇家湖面披上了金色的霞光。而此时乌鸦齐鸣，欢迎我们的到来。在缅甸，乌鸦是吉祥物，这与我们中国传统的理解有很大不同。

浩荡逦迤皇家湖

乌鸦齐鸣迎宾客

朝桂元 二〇一五年二月十日

胞波兄弟情未了，

新年开弓射大雕。

2019 年 2 月 12 日于缅甸

作者注解：

马上要离开缅甸了，仍然深刻感念两国老一代领导人建立的中缅友谊，敬爱的周总理称中缅友谊为胞波友谊。而回到国内迎接的将是新一年的真正开始，要努力奋斗，实现目标。

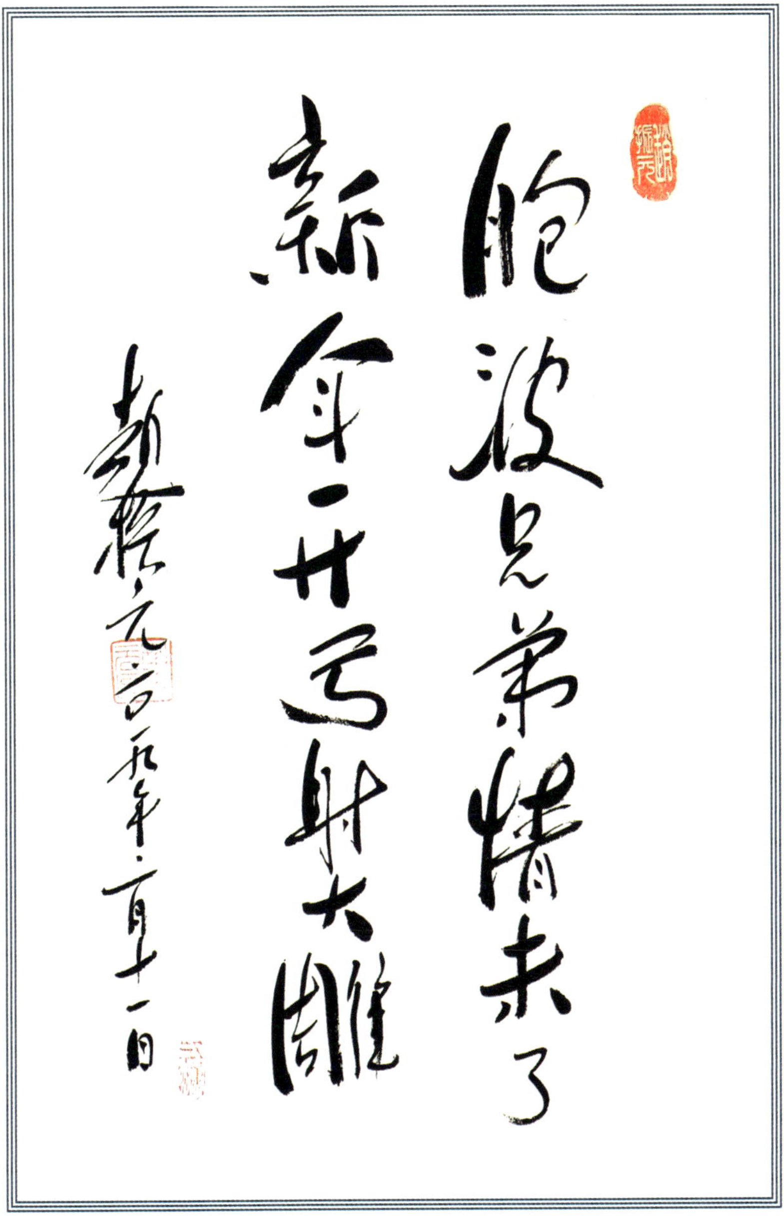

胞波兄弟情来了

新金开元射大雕

黄苗子书一九九年·夏十一日

分别几日已陌生，

再回头已满目新。

2019 年 2 月 12 日晚

作者注解：

　　我们于 12 日晚上回到成都。我们家在成华的御景湾小区，毗邻成华
公园，经过春节洗礼的成华公园焕然一新，猛追湾已成为成都夜游的会
客厅，只离开不到十天，变化如此之大，仿佛一切已经陌生。

今别几日已陌生
再回头已满目新

赵普元 二〇一九年二月十二日

云南·版纳

开门见山万花丛，

推窗眼看别墅红。

春临版纳大地暖，

万物复苏新气象。

2019 年 2 月 2 日于版纳

作者注解：

　　到缅甸前，我们先到了版纳。那时，南国中的版纳已经充满了春意，从住的宾馆推窗而看，只见点点红色别墅，在绿色的山丛中熠熠闪光。

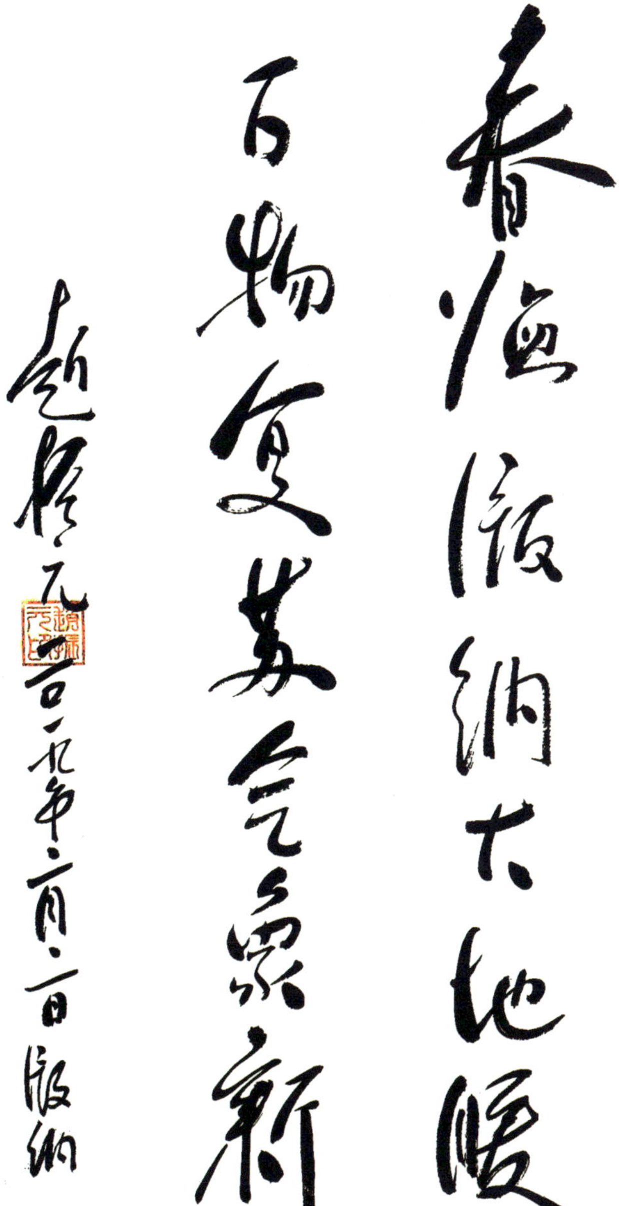

春临版纳大地暖

百物复苏气象新

赵桂荣二〇一九年二月于版纳

版纳风情万千浓，

不及亚强情谊重。

2019 年 2 月春节于版纳

作者注解：

　　版纳的风光很好，可谓风情万种，从原始森林到野生大象，从万花盛开的植物园到清水流澈的小溪，从泼水的风情到动人的版纳之歌，可谓应有尽有。但这一切都不如我在版纳的好朋友亚强对我的盛情。

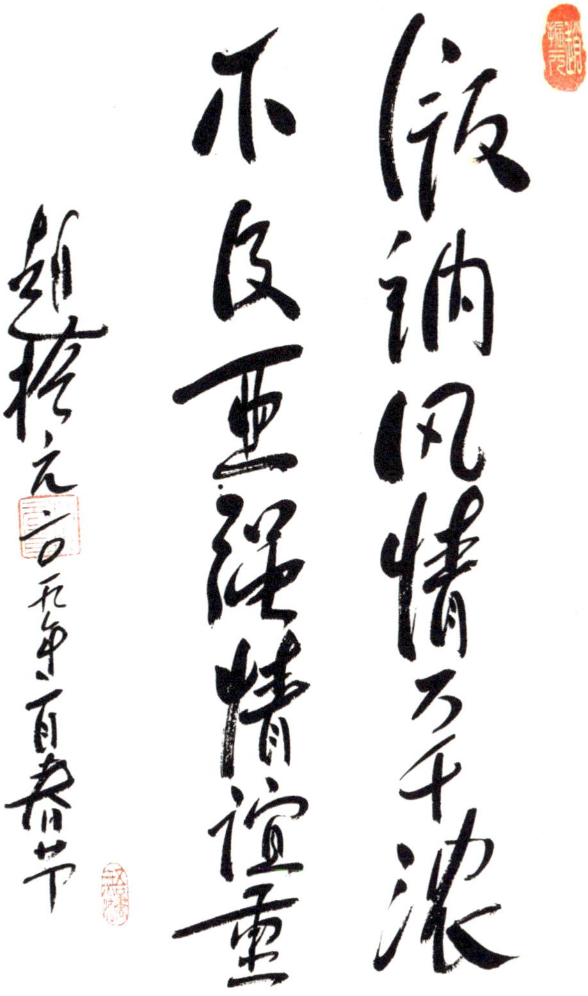

版纳风情不平浓

不及亚运深情谊重

赵彦元 二〇一九申百老春节

版纳好风光，

夜空星星多。

亚强居此地，

长寿福一生。

赠亚强先生生日快乐 2019 年春节

作者注解：

　　2019 年的春节，再次在版纳亚强家度过，又恰逢亚强生日，祝他在美丽的版纳健康长寿。

版纳好风光
夜空繁星多
垂绳居此地
衣食寿福一生
赠垂浪先生青快乐
赵朴初 二〇〇五年庆节

中菲友谊的桥梁，

东方文化的使者。

赠温陵氏先生　2018 年 7 月 23 日

作者注解：

　　温陵氏先生长期从事中菲人民友好活动，积极交流中菲文化，是菲律宾多家中文刊物的特约编辑。他在这些刊物上宣传刊出了数百名中国作家的作品，成为中菲文化的友好使者。

中菲友谊的桥梁

东方文化的使者

赠温陵民先生

赵检元 二〇二二年
七月二十五日

赠何安顿先生

吟唱激越诗歌，

促进中菲友谊。

祝中外散文诗学会设宿务基地 2018 年 7 月 25 日

作者注解：

何安顿先生是菲律宾著名的华人企业家，长期从事中菲友好与文化往来。八年前，提出将中外散文诗学会宿务创作基地，设在他的文华宾馆（中国驻宿务总领事馆也设在这个宾馆的顶层），今天这个愿望终于实现了。

暗、何安楷先生

吟唱激越诗歌

促进中菲友谊

欣中外散之诗，富身善起

赵振元 七月二十四号

四川·青城山

清泉溪溪淙淙流，

独木小桥快步行。

枫叶欲黄等秋临，

金桂飘香须时日。

2018 年 9 月 22 日

作者注解：

  夏末秋初，与友人一起到青城山，青城山是熟悉的，清澈的清泉，独木的小桥，都是青城山的特色。而那时枫叶欲黄、金桂尚未飘香，都在等候秋天的真正来临。这说明很多事，都需要等待成熟的时机。

清泉溪溪流流

独木小桥眼步行

赵稚
二〇一八年九月二十一日

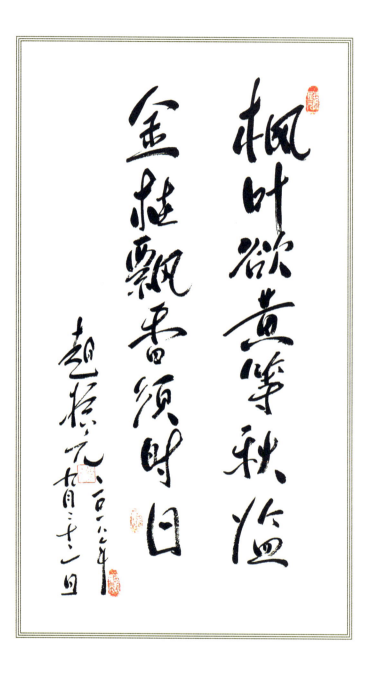

枫叶欲黄笔秋临
金粉飘香须时日

超拔元 二〇一六年腊月三十二日

梅开艳丽五洲香，

惊世作品四海传。

金屋藏娇欢歌起，

小镇锣鼓震天地。

2019 年 3 月 23 日上午于青城山孙思邈康养文化小镇

作者注解：

与夫人、莲子、新加坡友人等出席中国 2019 年最具收藏价值国画家梅凯作品发布会。梅凯先生的作品变化很多，近期以女性的美为其表达的主题。梅凯的作品发布会吸引了李伯清这样的著名相声演员参加，场面热烈，使青城山孙思邈康养文化小镇喧闹起来。

金屋藏娇欢歌起
小镇锣鼓震天地

赵循元书于丙申二月二十三日

四川·邛崃

一路歌声笑满厢，

青春还在好结伴。

与夫人老同学结伴游感 2018 年 11 月 25 日

作者注解：

　　与夫人及其同学结伴去邛崃大梁酒厂旅游。虽然这些同学都已经上了年纪，但都能歌善舞，擅长表演，一路上歌声不断，充满着青春的气息，我被这欢乐的气氛所感染。

一路歌声笑满厢

青春还在好结伴

与夫人老同学们结伴游邛志

赵蘅·元白二〇一三年十月二十晋

行路必有所得，

交友必有所获。

与夫人老同学大梁酒村同行 2018 年 11 月 25 日

作者注解：

　　通过参观酒厂，学到了不少东西，开阔了自己的眼界。原本一次微
不足道的旅游，成为一次学习好征途。

行路尚有所得

文友使有所获

与李老同字大梁酒村同行

赵跃元 二〇一八年十一月二十五日

酒香飘千里，

经营大格局。

参观中国酒村大梁村有感 2018 年 11 月 25 日

作者注解：

在大梁酒厂，详细听取了大梁酒厂总经理蒲军的介绍。蒲军就大梁酒厂的市场定位、经营模式、服务形式进行了详细的阐述，充满着创新的思维，体现了经营的大格局，受益匪浅。

酒香飘千里

经营大格局

参观中国酒村大梁村留念

赵振元 二0二0年十月二十五

宽窄巷子

旅游活力新风潮，

宽窄巷子民乐弄。

夜游宽窄巷子 2018 年 12 月 2 日

作者注解：

　　那天晚上陪同客人在宽窄巷子就餐。热闹的宽窄巷子，充分体现了成都的风土人情，展现了成都的旅游魅力。而民乐弄既是指宽窄巷子里喧闹的里弄，也指我少时的家——浙江平湖黄姑镇的民乐弄 6 号。

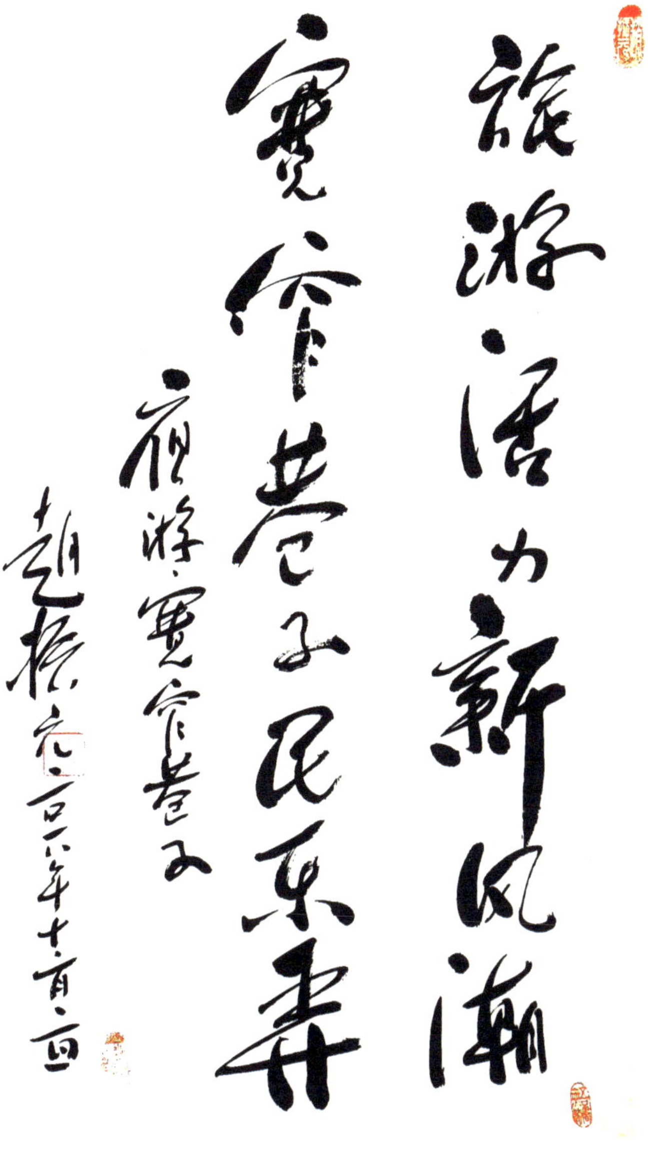

旅游活力新风潮

宽窄巷子民京寿

旅游宽窄巷子

赵振元 二〇一六年十月画

秋末枫叶纷纷下，

满地尽是黄金甲。

夜游宽窄巷子 2018 年 12 月 2 日

作者注解：

　　这也是 12 月 2 日晚上在宽窄巷子陪同客人时写的。那时正是深秋季节，风儿吹着枫叶纷纷下落，宽窄巷子的地上犹如铺上了金色的地毯。

秋来枫叶纷纷下
满地尽是黄金甲

庚寅宽窄巷

赵探元 二〇一〇年十二月书

电视塔

元宵火焰云中炸，

一柱凌霄横空来。

为四川 339 电视塔元宵烟火晚会作 2019 年 2 月 19 日元宵

作者注解：

　　元宵节。四川电视台首次在 339 电视塔放射电子烟火，中央电视台进行了转播，盛况空前，成都市内空巷，都云集在 339 电视塔的周围。腾空的火焰在云中绽放，犹如一柱凌空入云霄的电光，迎面而来，场面壮观。

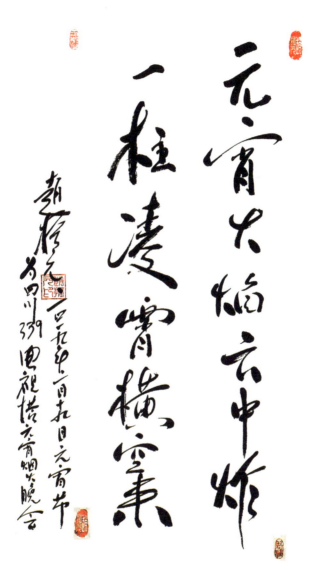

元宵火焰云中炸
一柱凌霄横空寨

赵蕴玉为四川339电视塔元宵烟火晚会
一九九四年二月九日元宵节

成华

夜游猛追湾

夜游锦江新业态，

绿色夜景两岸艳。

猛追河湾呈新貌，

疑是南京夫子庙。

2019 年 3 月 25 日晨于 ZH9546

读 3 月 25 日《成都日报》第三版《成都点亮夜游新业态》有感

作者注解：

　　发展成都"夜游经济"是市长工作报告提出的目标，在飞机上看到了《成都日报》对猛追湾（我家门口）夜游经济的报道，感想联翩，仿佛看到了南京夜色中夫子庙的影子。

夜游锦江新业态

绿色夜景雨岸艳

赵顺元 二〇一九年三月二十五日

猛追河湾生新貌

疑是南京夫子庙

超然书一旦九甲前二十五晋

一花独放不是春，

万紫千红春满园。

春来如潮 2019 年 3 月 24 日

作者注解：

　　正值初春，有些花已经开了，但更多的花还没有开，因此期待万紫千红春天的到来。

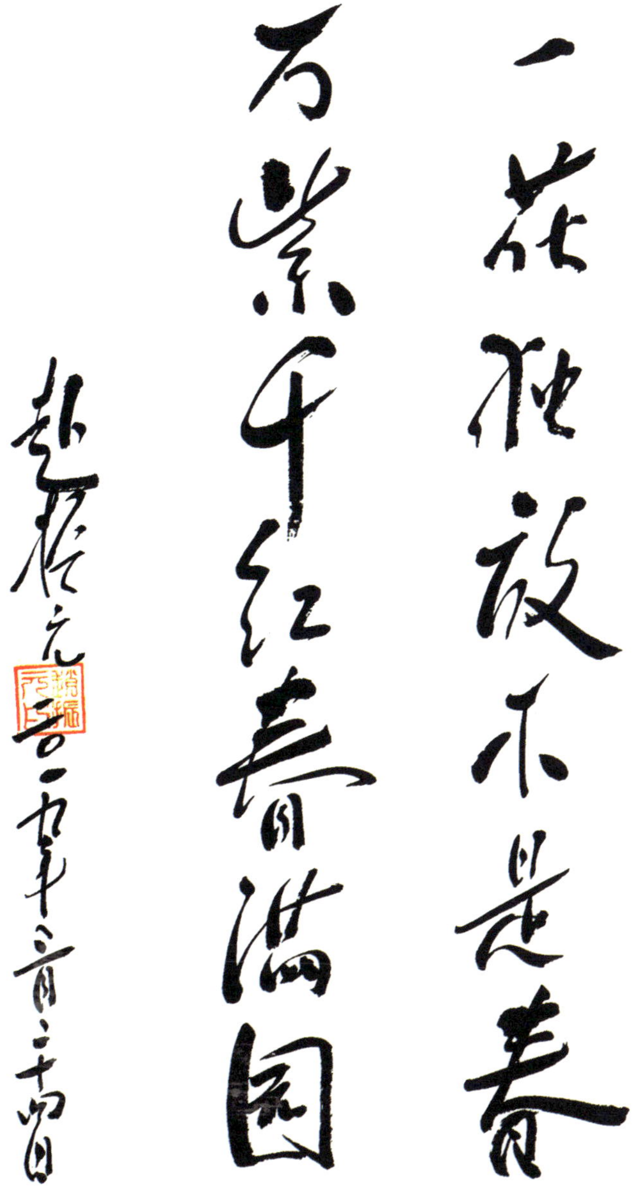

一花独放不是春

万紫千红春满园

赵存元书 二〇一四年二月二十日

蓉城春光无限媚，

不如火锅惹人醉。

2019 年 2 月 13 日

作者注解：

蓉城的春色是美的，但蓉城的火锅更加惹人醉。

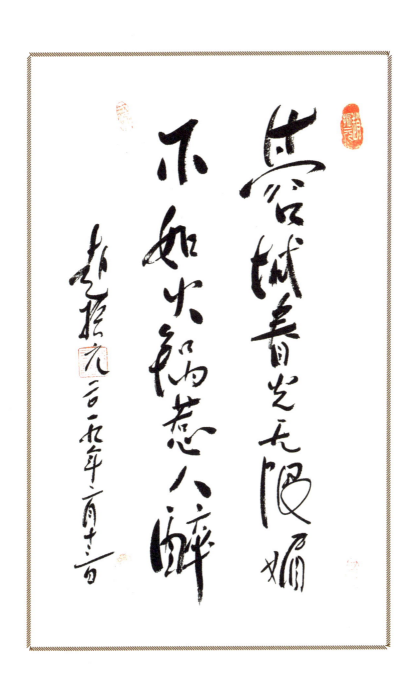

春游归家情迫切，

春暖蓉城花儿艳。

2019 年 2 月 12 日

作者注解：

　　从缅甸回来，回蓉城的心情很迫切。春天的蓉城百花争艳，花满园。

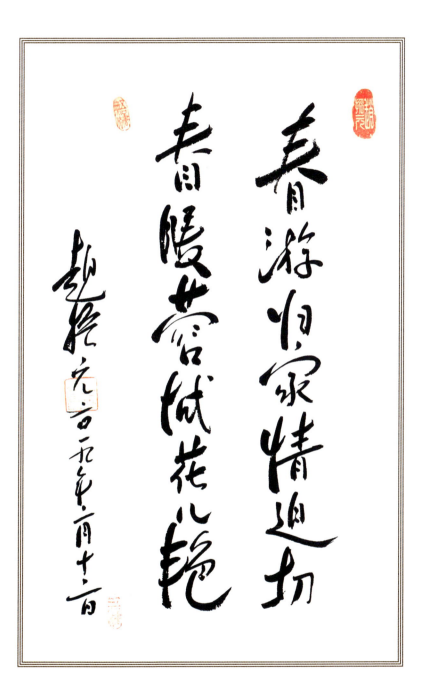

春游归家情逾切
春暖蓉城花儿艳

赵蕴光 一九九五年二月十二日

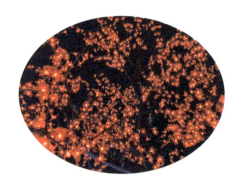

成华夜色美

火树七彩艳，

流光溢彩间。

游人夜不归，

争涌成华来。

2019 年 1 月 25 日

作者注解：

春节前的成华公园，正在进行夜景布置，现代灯光技术把成华公园和府南河两岸点缀得分外妖娆，火树银花，流光溢彩。游人不思归，争相到成华来。

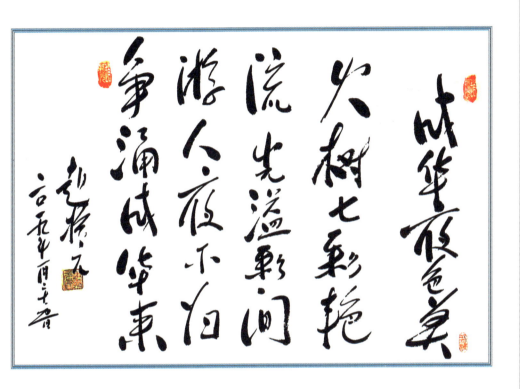

成华夜色美
火树七彩艳
流光溢彩间
游人夜不归
争涌成华东

御锦湾

晨起

晨曦未露已上路，

夜色深处灯光柱。

都市行人都匆忙，

走时摸黑到已明。

2019 年 3 月 20 日

作者注解：

　　早起晨练，离开小区时天还未明，小区内灯光柱依然亮着，走到街头，看到的是匆匆上班的都市行人，晨练后回到小区内天已明。

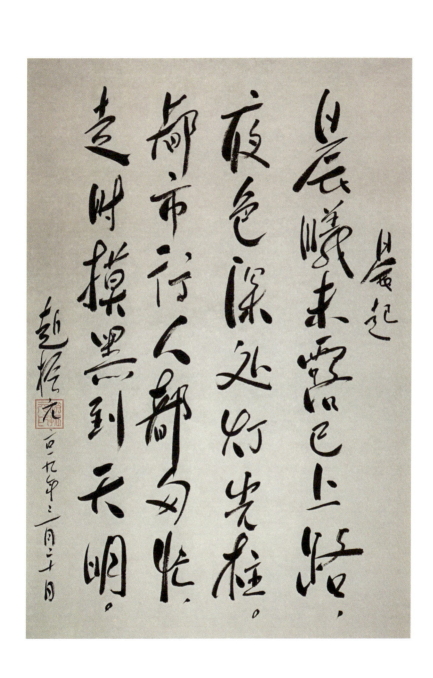

晨起

晨曦未露已上妆，
夜色深处灯尘桩。
闹市行人都匆忙，
走时摸黑到天明。

超拴元
二〇一九年三月二十日

一日之际在于晨，

一年之际在于春。

人勤早起必收获，

春光晨色无限好。

2019 年 3 月 20 日晨

作者注解：

　　早晨，对一天至关重要；春天，对一年至关重要。而早起勤奋的人，必然会有收获，会领略早晨无限美好的春色。

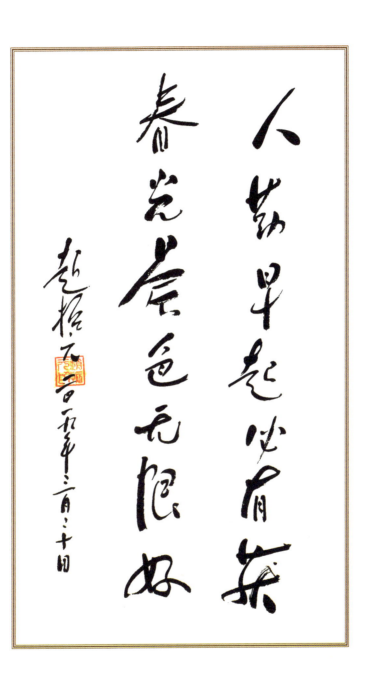

人勤早起必有获

春光无限好

正己正人正大家，

风清风正一路顺。

2019 年 2 月 21 日晚

作者注解：

　　既要言传，又要身教，身教重言传。只有正己才能正大家，风清风正才能一路顺。

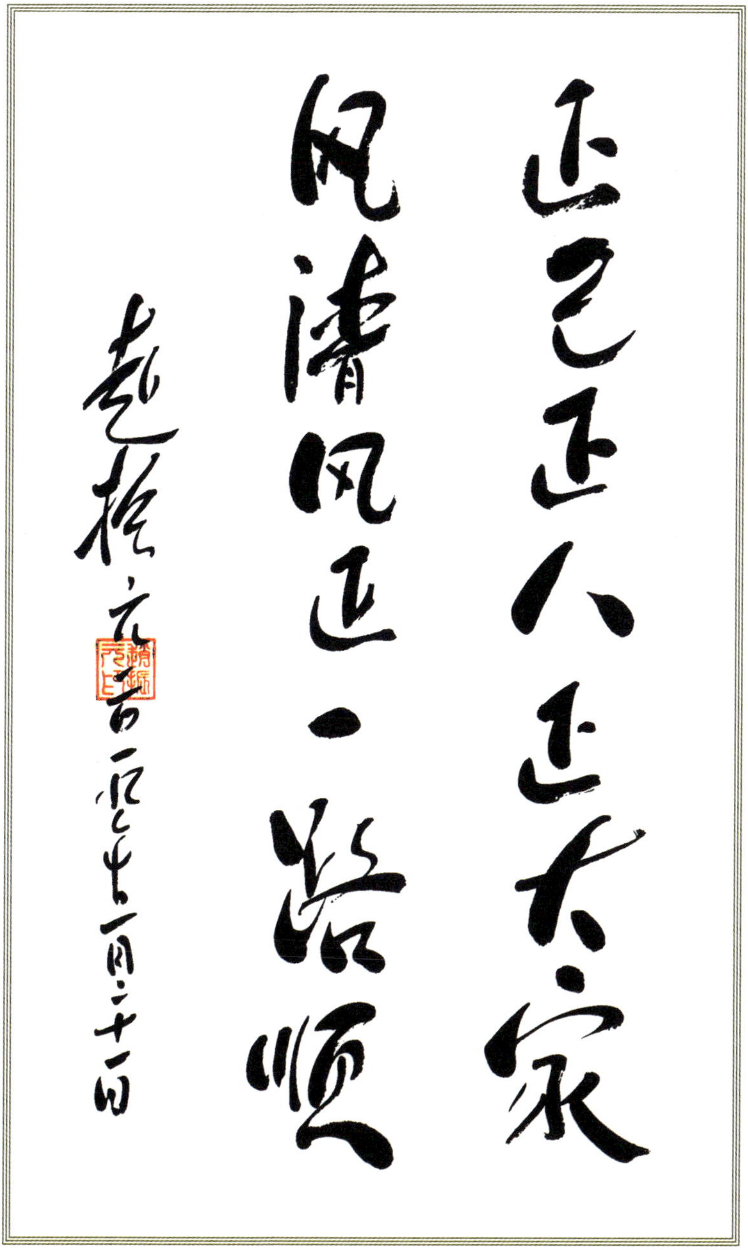

正己正人正大家
风清风正一路顺

赵括乙酉十一月二十二日

初春早寒冷意逼，

一枝红梅傲春来。

2019 年 2 月 28 日

作者注解：

　　初春仍然充满寒意，今年发展有很大的不确定性，但是"十一科技"
犹如一枝红梅，在寒风中傲春而立。

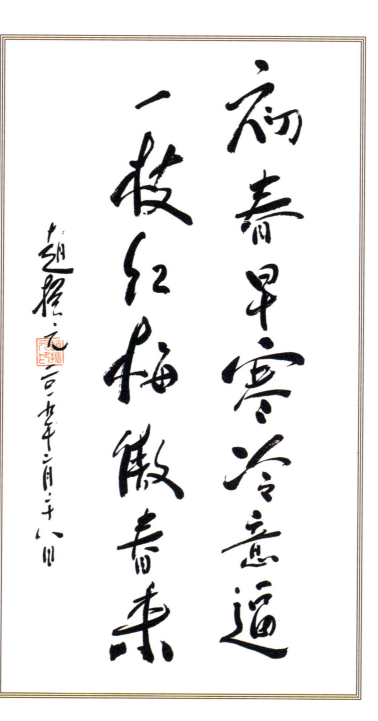

初春早寒冷意逼
一枝红梅傲春来

赵捷元 二〇一九年二月二十八日

游泳

（一）

百步之遥咫尺远，

恒温泳池在家门。

孤单旱鸭浅池游，

快乐扑腾亦快乐。

2018 年 10 月 7 日

作者注解：

我家对面是御茂大厦，大厦是一个星级宾馆，五楼有浅池的恒温泳池，
适合我这样的旱鸭子锻炼。

百步之遥恐只远
恒温泳池居家门

赵振元 二〇一八年十月七日

游泳

（二）

汗蒸不惧流大汗，

健跑换得一身轻。

坚持运动百病除，

江南水暖鸭先知。

2018 年 10 月 7 日

作者注解：

　　生命在于运动，健康在于锻炼，运动能够治好百病，而长期锻炼必有益于健康，人的身心愉悦，在于持续的锻炼。

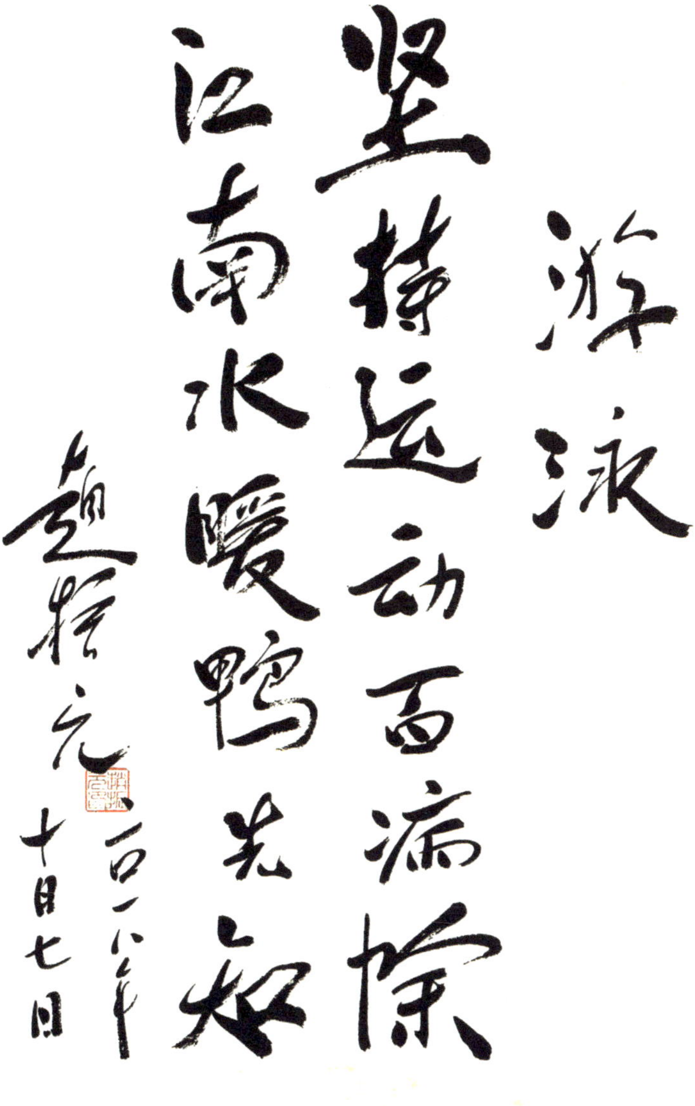

游泳

坚持远动百病除
江南水暖鸭先知

赵朴元
十月七日
二〇一八年

游泳

（三）

盛世祖国到处兴，

虽遇阻击不必烦。

安得大厦城中立，

举目望去处处强。

2018 年 10 月 7 日

作者注解：

　　国家的发展，虽然遇到各方面的阻力，但改革开放使中国人民富起来了，城市中大厦林立，举目望去，一片繁荣景象。

安得大厦城中立

放眼望去处々强

二〇一八年十月七日

一场大考亲身历，

切肤之痛话健康。

2018 年 12 月 7 日

作者注解：

　　那段时间，由于腰疼而坐立不安，更别说自如的出差，仿佛经历了一场生死的大考，深切感受到健康对人生、事业和家庭的重要。

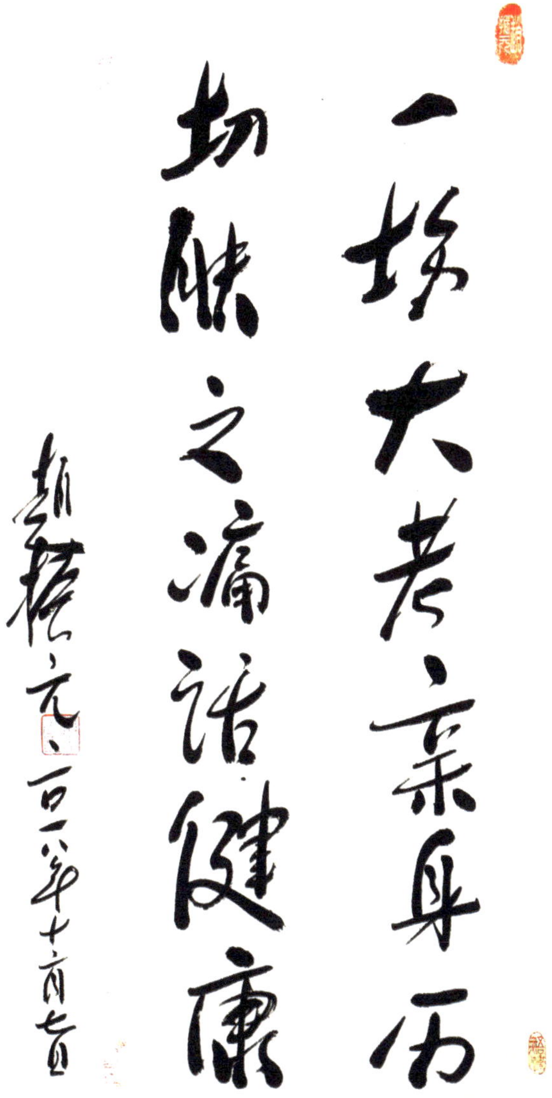

一场大考，亲身历

切肤之痛话健康

新楷元 二〇二〇年十二月画

凝望窗外城市美，

感叹曾经自如飞。

2018 年 12 月 7 日

作者注解：

　　在腰痛发作时，坐立不安，疼痛不已。在居住的高楼凝望美丽的成都夜景，万分感叹，想起自己曾经轻松自如，行走在祖国各地的情景，期盼早日康复的心情迫切。

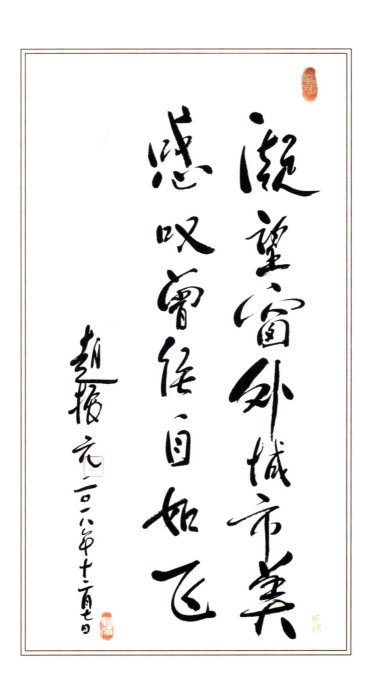

凝望窗外城市美
感叹宾位自如飞

赵振元
二〇一八年十二月七日

成都： A．鹰击长空迎清风

远行不问何处去，

归来时已硕满果。

2019 年 3 月 17 日

作者注解：

　　只要远行，就一定能结交新的朋友，就一定能有新的收获，回来时一定硕果累累。

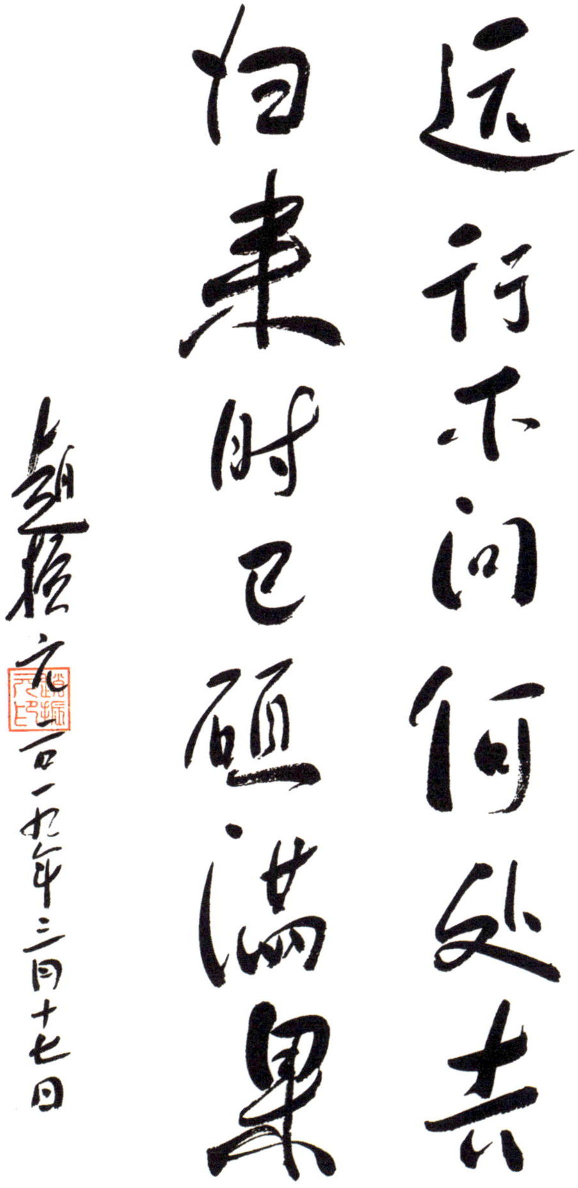

远行不问何处去

归来时已硕满果

赵稚立

二〇一九年三月十七日

冷冬独钓寒江雪，

春天只盼百花艳。

2019 年 3 月 17 日

作者注解：

　　在寒冷时，要有独钓寒江雪的决心和毅力；在春天里，只盼望百花
争艳的好局面。

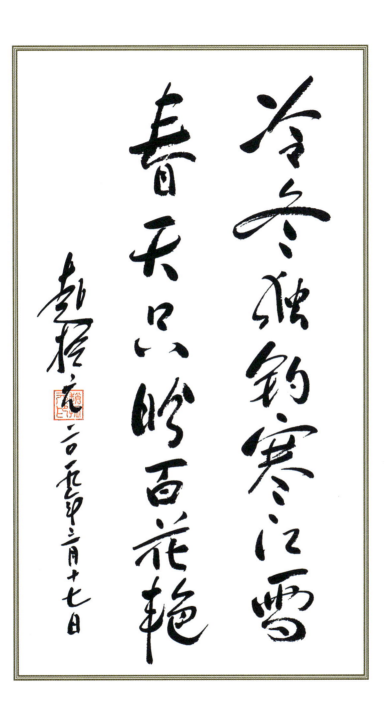

岑冬独钓寒江雪
春天只盼百花艳

赵振家 二〇一五年乙卯二月十七日

又是一任新开始，

劝君更上一层楼。

四川省决策委委员会第三届全会 2019 年 3 月 12 日

作者注解：

　　那天，是四川省第三届决策咨询委员会科技组第一次全会，我已经连任三届决咨委委员了，加上之前的省科技顾问团两个任期，已经是第五个任期了，写下自勉，继续努力。

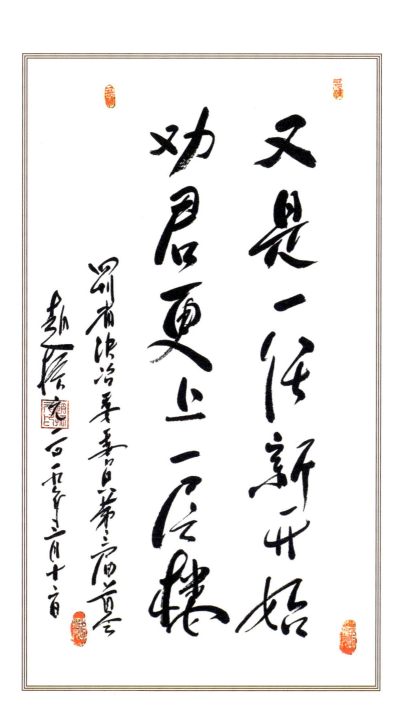

又是一年新开始
劝君更上一层楼

蜀都浣沙羞赛书第三届书法

往事如烟事如风，

岁月有痕水有声。

2019 年 3 月 12 日

作者注解：

    回想任四川省决咨委委员的多年里，过去的往事，如烟如风，但都留下了坚实的足印可寻。

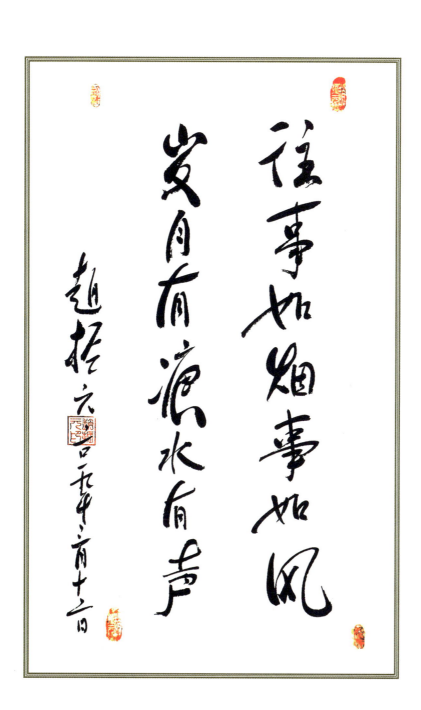

往事如烟事如风
岁月有痕水有声

赵择元二〇一九年六月十二日

罗马建成非一日，

登天不能一步行。

2019 年 3 月 6 日

作者注解：

　　罗马不是一天建成的，这是一句广泛流传的名句。登天也不能一步到达，必须一步一步来。这里表明任何人试图成就宏图大业，必须脚踏实地。

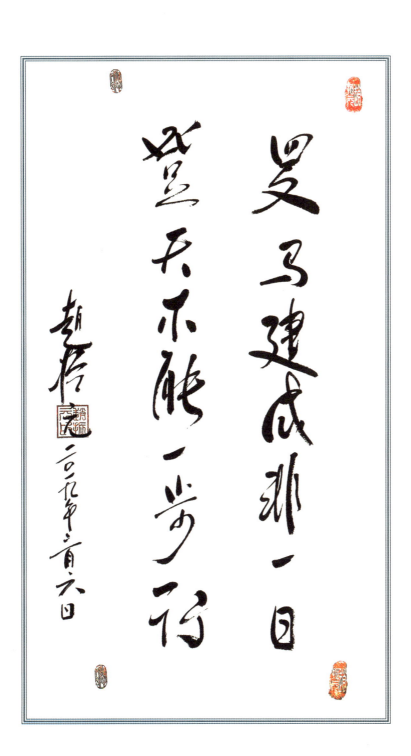

驷马建成那一日

苍天不能一步行

赵晖

二〇一九年首六日

一曲成名天下扬，

蓉城热舞引新潮。

2019 年 3 月 5 日

祝贺院瑜伽舞蹈队在 2019 年 3 月 3 日晚

在 2019 年十一科技干部会成功表演

作者注解：

　　院瑜伽舞蹈队在干部会上成功的表演，引起了全院干部的高度肯定，也得到了社会各界的好评。应徐惠娟会长的邀请，院瑜伽舞蹈队将于今年 6 月 14 日出席无锡国际瑜伽节的开幕式表演。夫人作为策划者与舞蹈队全体队员们付出了创造性的努力。

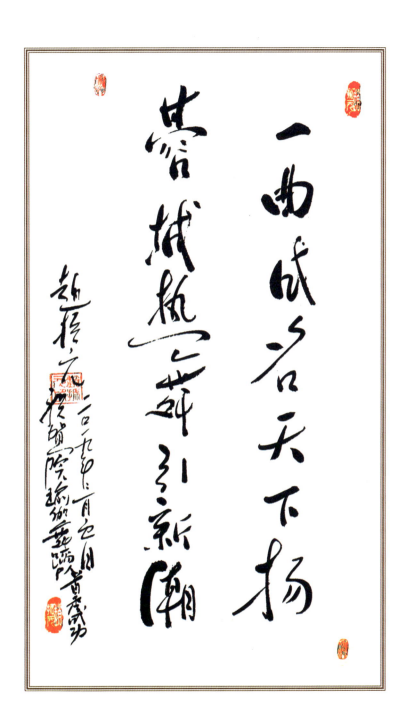

再出发

（一）

猪年新春又相聚，

团队宣誓再出发。

三化指引胜利路，

多箭齐发命目标。

2019 年 3 月 4 日

作者注解：

院召开 2019 年干部工作会，明确提出"项目中小化、低利化、多元化"的三化战略作为 2019 年的指导思想的核心，这个战略奠定了 2019 年的胜局。

再出发

（一）

猎年新春又相聚，
团队演练旨再出发。
三战指引胜利路，
多箭齐发命目标。

再出发

（二）

文化盛宴撼人心，

磅礴气势众志成。

忠诚铸就十一魂，

生命呵护十一行。

2019 年 3 月 5 日

作者注解：

　　3 月 5 日晚院举行干部会盛大文艺联欢晚会，总院瑜伽舞蹈队与爱
德公司联合演出，磅礴的气势，震撼着全体干部。

文化盛宴撼人心，
磅礴气势众志城。
忠诚铸就十二魂，
生命呵护十二行。

果断反击迎大战，

鹰击长空迎清风。

各路诸侯齐发力，

捷报飞来舞蓉城。

2019 年 3 月 4 日晨院 2019 年干部工作会

作者注解：

　　面对国内外复杂的市场环境，面临各种挑战，要果断反击，迎接在市场竞争中更加激烈的竞争。亲切寄语各分院的干部，多多努力，向总部蓉城传来捷报。

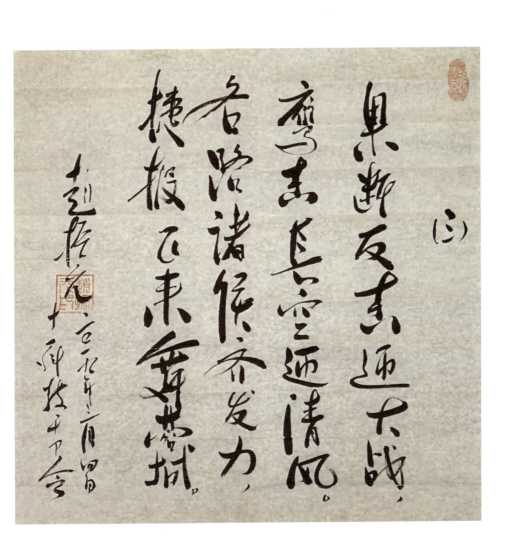

(三)

奥斯反击迎大战，鹰击长空迎清风。各路诸侯齐发力，捷报飞来舞蓉城。

成都 · B. 望断南飞雁

与厚道人并肩，

与巨人者同行。

2019 年 3 月 1 日

作者注解：

　　"与厚道人并肩，与巨人者同行"，这句话是数十年人生经历与生涯的总结，实践证明只有与厚道人合作，才能得到好的回报；只有与巨人者同行，才能不断进步。这句话不仅是我人生的宗旨，也是十一科技发展最深刻的总结。

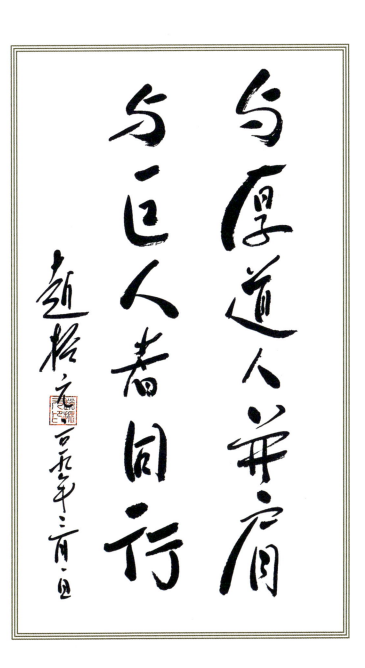

与厚道人并肩
与巨人者同行

赵松元
二〇一五年三月

望断南飞雁

　　天高云淡，望断南飞雁。红旗招展，队伍威武，建筑成艺术奇观。时光穿梭，思往十六载，新苗处立，风云多险，重压寻突围。谈笑诙谐，不知劳累。献毕生精力鞠躬尽瘁，智慧谋略雄心胜似万夫强。工程铁军智慧佳丽，铸就十一擎天柱。

庆贺院新大楼入住 2016 年 5 月 24 日作诗，2019 年 2 月 28 日书写

作者注解：

　　这是院总部第一栋新大楼入住仪式时而作，表达了那时的心情。

书海有路读为先，

事业有成勤作舟。

咬定目标不放松，

聚焦终能成梁栋。

2019 年 2 月 23 日晨

作者注解：

　　2019 年 2 月 22 日晚与农行成都锦城支行向虹行长、陈沣副行长、锦东支行行长吴虎等聚会，第二天早晨以这首诗送给向行长一行，以共勉。

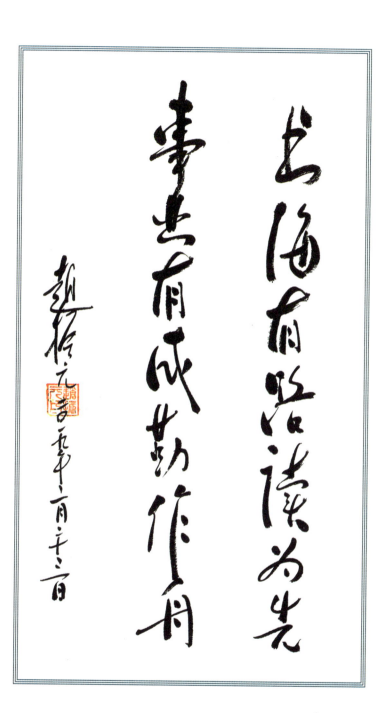

书海有路读为先
事业有成勤作舟

赵荣光 一九九四年一月二十三日

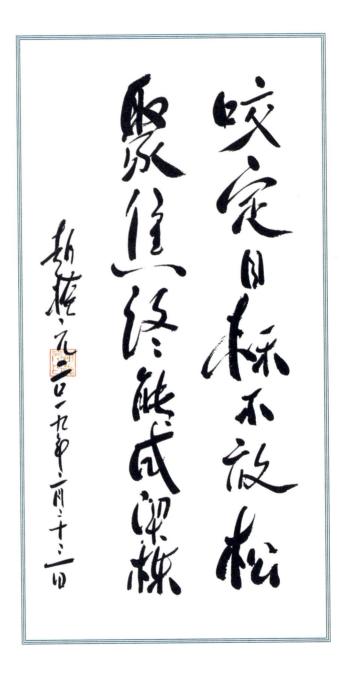

咬定目标不放松

聚住真经能成栋梁

正道歪道都是道，

人间正道是沧桑。

长驱直入为哪般，

心无旁骛急行前。

2019 年 2 月 22 日晨

作者注解：

  这首诗表达了坚持走光明大道、一心一意谋发展的决心。

正道沧桑都尽是

人间正道是沧桑

赵振元甲午年二月平吉

红梅傲雪独自艳，

新春旭日映满天。

2019 年 2 月 15 日

作者注解：

　　这句诗表明了要在寒春中坚持走独特的发展路线，迎来光明的未来。

功过是非后人评，

唯有功德在人心。

2019 年 2 月 20 日

作者注解：

　　这首诗表达了不在乎外界的任何评论，坚持一贯的以德为先、以业绩为本的理念。

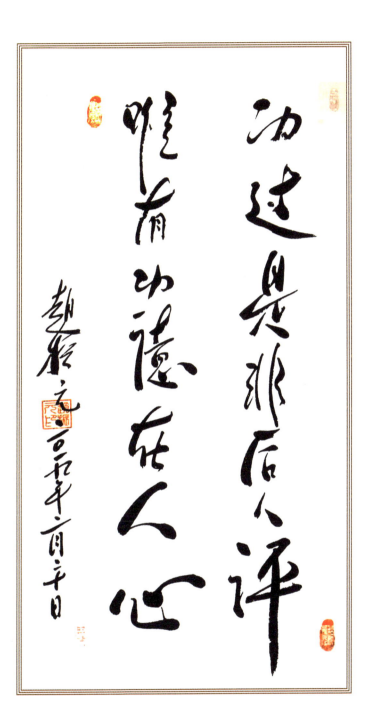

功过是非后人评
唯有功德永在人心

赵毅·元 二〇一五年二月二十日

一片丹心向阳开，

何惧寒流滚滚来。

2019 年 2 月 20 日

作者注解：

　　一颗丹心，永远向着太阳，不会惧怕来自各方面的寒流。

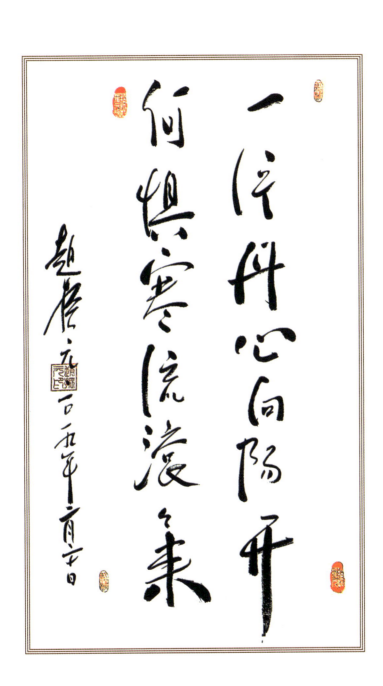

一径丹心向阳开

何惧寒流渡渡来

赵君·乙未二〇一五年青正二日

今年是个好年景

中小项目更灵活，

地区战略优势显。

"三化"指引胜利路，

一场决战在今日。

2019 年 1 月

作者注解：

2019 年，大家都在调整，大家都遇到调整的挑战，反而更显我们的优势。我们在持续转型中建立的宽领域的市场优势、我们拥有的战略经营、双轮驱动战略、新的"三化"以及二十多年来持续推动的地区布局所有的独特优势，在 2019 年将大放光彩。

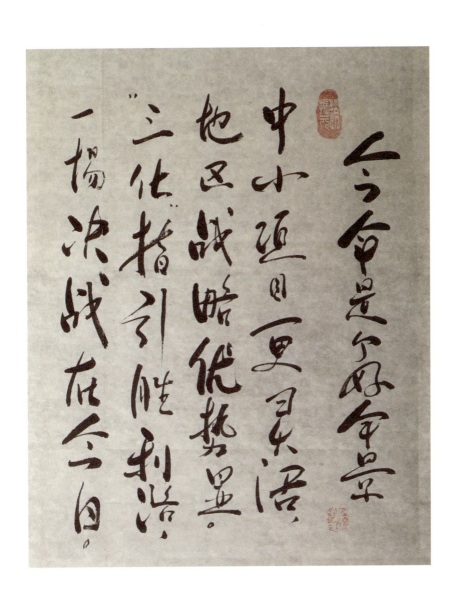

今令是个好令是中小项目一更是妙语，也是战略优势挑战也是机遇，地区战略优势显著。"三化"指引牲利涉，一场决战在今日。

战略指引光明道，

双轮驱动威力大。

一场会战八十路，

预祝高歌唱凯旋。

2019 年 1 月

作者注解：

八十路，是指十一科技四十个独立核算部门、持有的约四十个光伏电站或投资、租赁单元体等。

"一场会战八十路，预祝高歌唱凯旋"，是借用了叶帅的诗句"一场会战十三路，预祝高歌唱凯旋"。

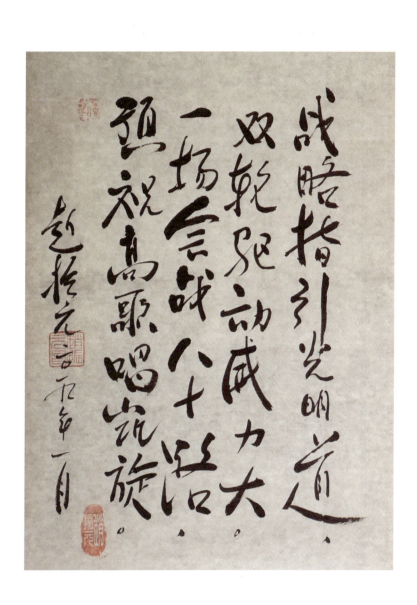

战胎将引发明道、
双轮驱动威力大、
一场会战八十站、
预祝高歌唱凯旋。

彭维元亦辛一月

今年是个好年景

莫道夕阳西边下，

晚霞红透映满天。

青春都是浮云事，

唯有记忆留心间。

2019 年 1 月

作者注解：

在经历了 2017 年与 2018 年的快速发展后，行业发展将进入一个调整期。今年 1 月份，十一科技各地捷报频传，同比项目数持续增长，在寒冬中迎来一个暖春，开始实现我提出的"坚决顶住下行压力，实现逆流而上"的目标。

人到中年最好风景

莫道夕阳西边下,

晚霞红遍映满天。

青春都是浮云事,

唯有记忆当心间。

虽有冷风阵阵寒，

但有春风扑面来。

闻鼓起舞迎新春，

今年是个好年景。

2019 年 1 月

作者注解：

　　诗中表达了作为一个企业家，诗人对习近平总书记为核心的党中央强有力的领导下的中国新一年经济稳定发展前景的充分乐观，表达了对十一科技持续增长的信心。这个组诗既是对十一科技干部员工的新春问候，对十一科技的全体新老客户的新春问候，更是向十一科技全体干部员工发出的新一年的战斗动员令。

虽有冷风阵阵寒，但有春风拂而来。闻鼓起舞迎新春，人今是个好年景。

赵振元书乙酉年有

不容岁月蹉跎过，

要让硕果丰满园。

2019 年 1 月 1 日

作者注解:

　　这两句诗写在 2019 年元旦，新的一年将更加珍惜容易蹉跎的岁月。

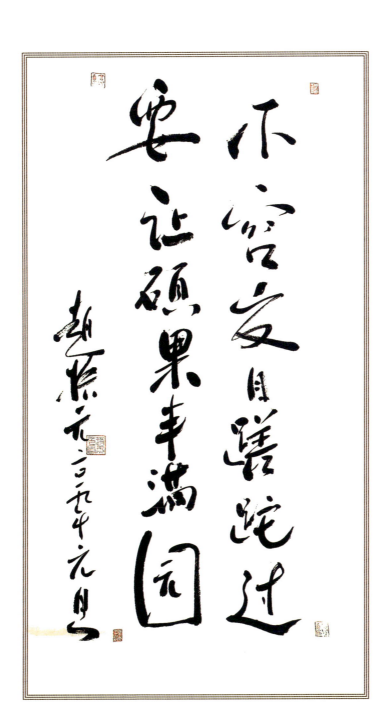

不穷实且馐跎过
要让硕果丰满圆

经典本是人创造，

千锤百炼新高度。

2019 年 1 月 1 日

作者注解：

　　这两句诗写在 2019 年元旦，表示要在新的一年里加强创造，突出创新，开创新的未来。

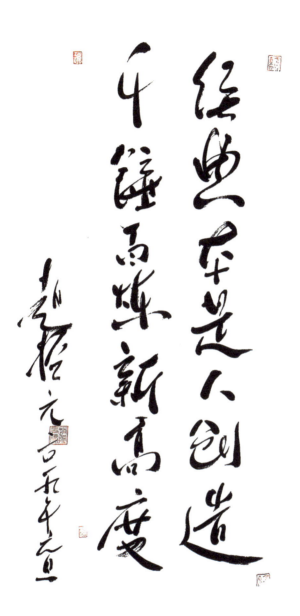

经典来是人创造

千锤百炼新高度

精益求精出佳品，

千锤百炼成佳句。

2019 年 1 月 1 日

作者注解：

　　这两句诗写在 2019 年元旦，在新的一年里要千锤百炼地提炼诗句，力求出佳作精品。

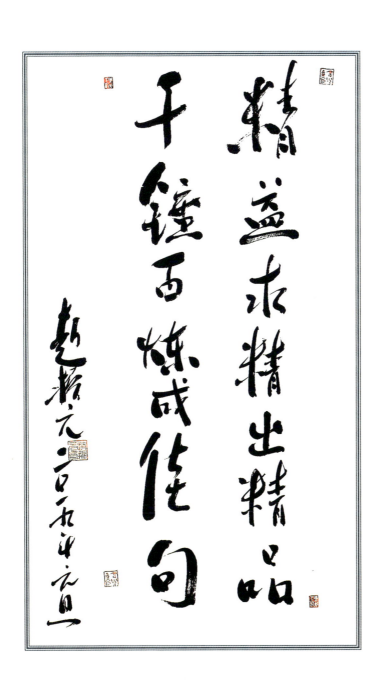

精益求精出精品

千锤百炼成佳句

无题

一叶孤舟漂万里，

风急浪高欲覆舟。

图穷匕见真面貌，

阴招使尽毒计多。

寒流滚滚袭大地，

崛起面临新课题。

果断一击争自由，

晴空万里迎晚舟。

2018 年 12 月 9 日晨

作者注解：

　　这是发表在朋友圈的诗，表达了对孟晚舟事件的高度关切。

一叶孤舟飘万里

风急浪高欲霞肩

果断、善争自由
晴空万里迎晚舟

赵桅元

二〇一八年十二月九日

改革开放巨龙飞，

万众齐念邓小平。

2018 年 12 月 22 日

作者注解：

改革开放四十周年来，中国成为一条强大的巨龙，在这个时候更加想念中国改革开放总设计师邓小平同志。

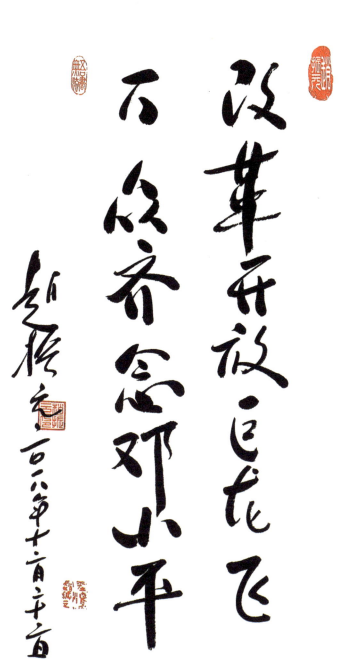

改革开放巨龙飞

万众齐念邓小平

二〇一八年十二月十二日

导师创业垂千古，

叶帅名句想主席。

2018 年 12 月 22 日

作者注解：

　　"导师创业垂千古"是叶帅诗中的名句，表达了叶帅对毛主席的无限崇敬。而每念及这首诗的时候，也增加了我们对叶帅的敬爱。

导师创业垂千古

帅名句忆主席

赵淼 元·二〇一八年十月卄五 盧

古人若知如此美，

必有佳句留后人。

2018 年 12 月 22 日

作者注解：

　　无锡，晨练时在蠡湖旁行走，看到这风景如画的美景，产生联想。

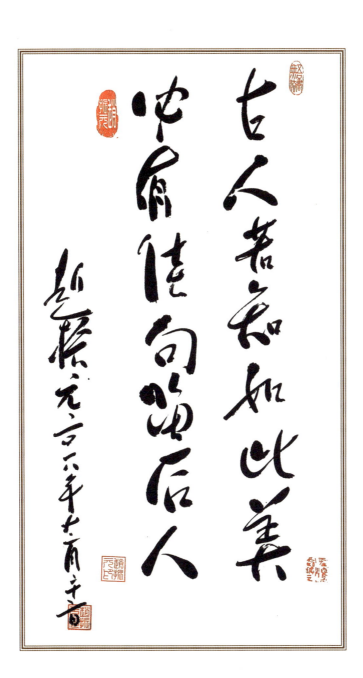

古人苦去如此美

尚有佳句遗后人

喜看夏日秋收果，

冬雾将去春光媚。

2018 年 12 月 7 日

作者注解：

　　这个季节还有冬雾，但离明媚的春天已经不远了。

喜看夏日积枝果
冬霁将去春光媚

赵振元 二〇一八年十二月七日

成都·D. 一片丹心向阳开

铁军贵在行动快，

令行禁止如山倒。

2018 年 12 月 7 日

作者注解：

指总包公司执行指令时，行动快。

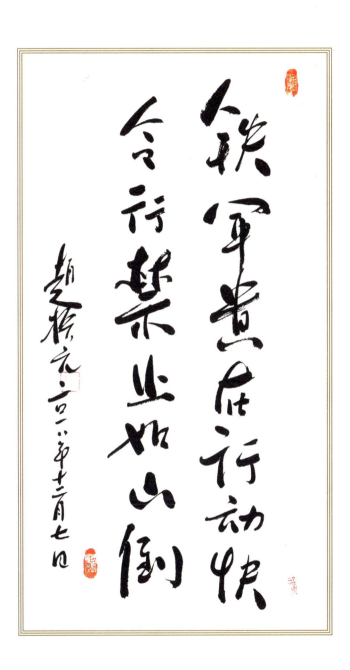

东西穿梭扫障碍，

南北飞行破石头。

2018 年 12 月 7 日

作者注解：

指在全国各地频繁出差，解决问题，推动发展。

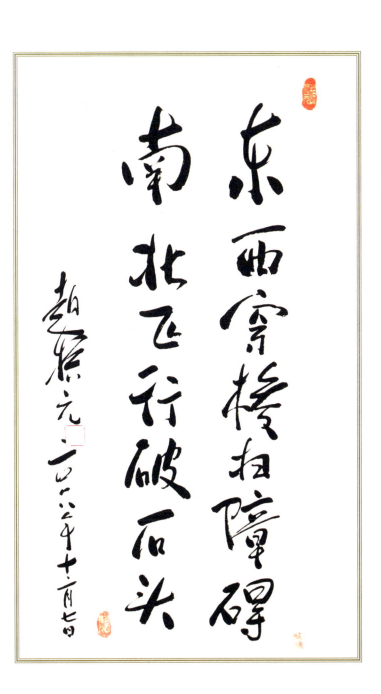

东西穿梭扫障碍

南北飞行破石头

赵蔡元 二〇二〇年十一月七日

江山代有人才出，

今年摘冠是新人。

祝十一科技第二届登楼比赛 2018 年 12 月 5 日

作者注解：

院每年都举行登楼比赛，以锻炼身体，发现新人为目的。每年都要产生新的登楼冠军，今年的登楼冠军就是一位新人。

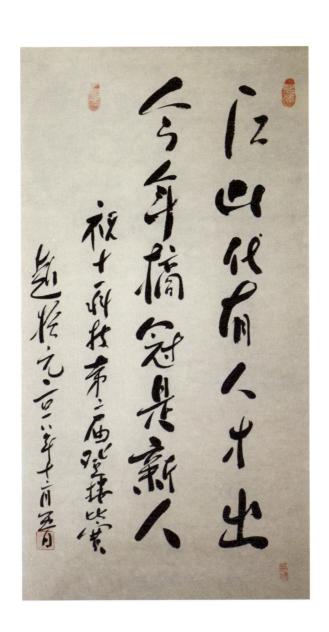

每逢大事惦旧部，

每逢硬仗念老将。

2018 年 12 月 5 日

作者注解：

　　面对日趋复杂与大规模的工程项目，各方面都遇到挑战，关键时候还是惦记当年熟悉的旧部老将，他们能打硬仗。

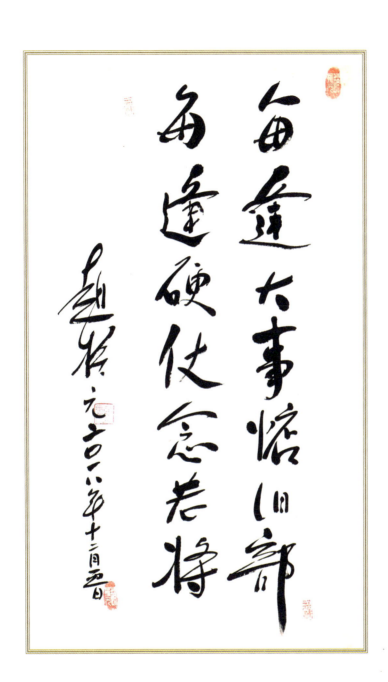

每逢大事愱旧部

每逢硬仗念若将

好事传千里，

口碑重于山。

2018 年 12 月 5 日

作者注解：

　　在现代社会，无论是好是坏，信息传播都很快，信誉与口碑是最重要的。

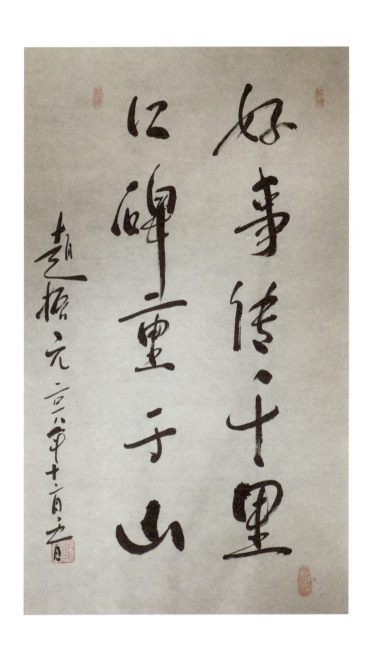

好事传千里

仁碑重于山

赵振元 二〇〇八甲十月于蓉

精准支持创新活力，

合作之路宽广无垠。

祝总包公司在合肥与诸分院签约 2018 年 11 月 25 日

作者注解：

　　为了支持中小分院总承包的发展，总包公司与中小分院签订精准支持合作协议，推动中小分院的发展。

精准支持创新活力

合作之路实无垠

视总包之司与合肥诸公陪无行

赵振元 二〇一六年十月二平之日

三十年风光，

新时代辉煌。

2017 年 12 月 6 日赠华西设计三十周年庆

作者注解：

这是为华西设计三十年庆的题字。

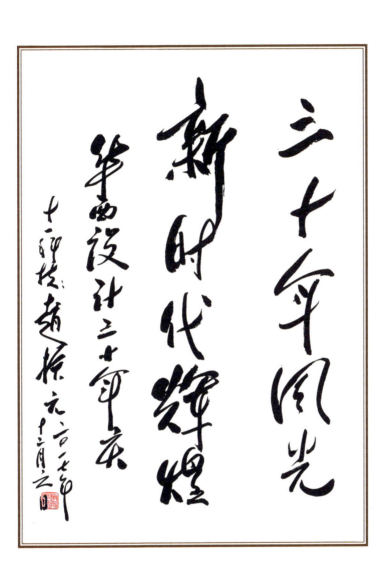

二十年风光
新时代辉煌
华西设计二十周年庆
辛卯冬 赵振元书于二〇二七年十二月

出手更快，

出手更准，

出手更狠，

服务更好。

赠上海分院 2017 年 9 月 2 日

作者注解：

  这四句话最早是 2001 年 10 月我在苏州的一个干部会上提的，那个会上决定建立南京分院，以加强在华东的力量。这是我院的市场总方针，一直指导着全院的发展。

  应上海分院的要求，为上海分院市场部重写。

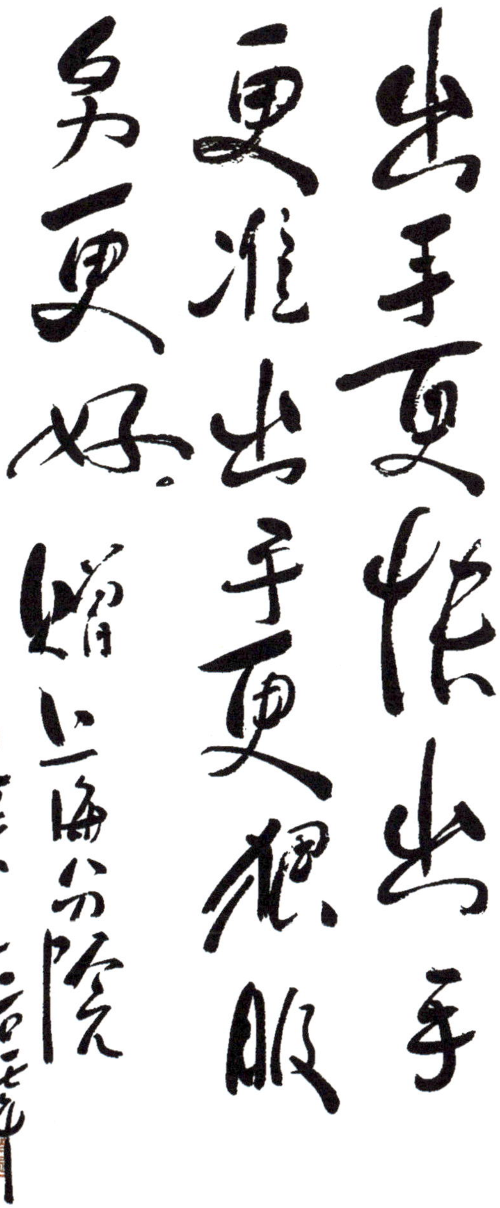

出手更狠出手
更准出手更视眼
另更好

赠上海分院
赵振元二〇一七
九月二日

弹指一挥七年载，

风雨如磐夜有声。

曾经沧海多少事，

党的光辉照我心。

庆祝十一科技二次党代会（在十一院第八次）2017 年 7 月 25 日

作者注解：

　　离上一届党代会的召开已经有七年时间了，风雨沧桑，感想很多，因此成此诗。

弹指一挥七十载

风雨如磐夜月声

曾经沧海多少事

尧的光辉照我心

庚寅年秋二为贵华令一道枋，元言乇□自肖喜

自勉

弹指一挥十七载，

岁月流金真情在。

谈笑多少风云事，

一片丹心向阳开。

2017 年 3 月 14 日

作者注解：

　　在那时任职已经近十七年了，风雨如磐，岁月流金，丹心不变。

自勉

弹指一挥十七载，
岁月流金其味酽。
谈笑多少风云事，
一片丹心向阳开。

彭靖元二〇一七年二月十四日初稿
二〇一九年六月十二日写

西北快乐之旅

　　然聚散总有时，北疆毕南疆始。

　　再约会，又出发，蓉城盼凯旋，再追梦一场。

2016 年 8 月 27 日

作者注解：

　　在新疆旅游时写的一首诗，这是其中的一段。

西北陕东之旅摘录

无聚散总有时，北疆毕南疆始

再约会又出发苍城的凯旋

再追双一场．

赵植元

二〇二二年八月二十七日录

二〇一九年六月十二日书

旭日凌空照，

晚雾水花飘。

花儿多千姿，

乐声音不止。

为十一科技屋顶花园题 2018 年 10 月 17 日

作者注解：

　　屋顶花园是院接待客人的重要门户，这几句诗是对屋顶花园朝夕而变的优美环境的一种肯定。

旭日凌空照
晚霞水花飘
花儿多千姿
乐声音不止

为十科技屋顶花园题

赵樵光·二〇一六年十月十七日

机场 □ 机上

> 百亿规模创新篇，
>
> 再图翻番上新阶。
>
> 目标实现画句号，
>
> 敲锣打鼓另开业。

2019 年 3 月 25 日于 ZH9546 航班

作者注解：

　　据审计的最新公告，十一科技在 2018 年实现了营收 107.59 亿，从此进入了百亿俱乐部，将踏上新的发展征程。

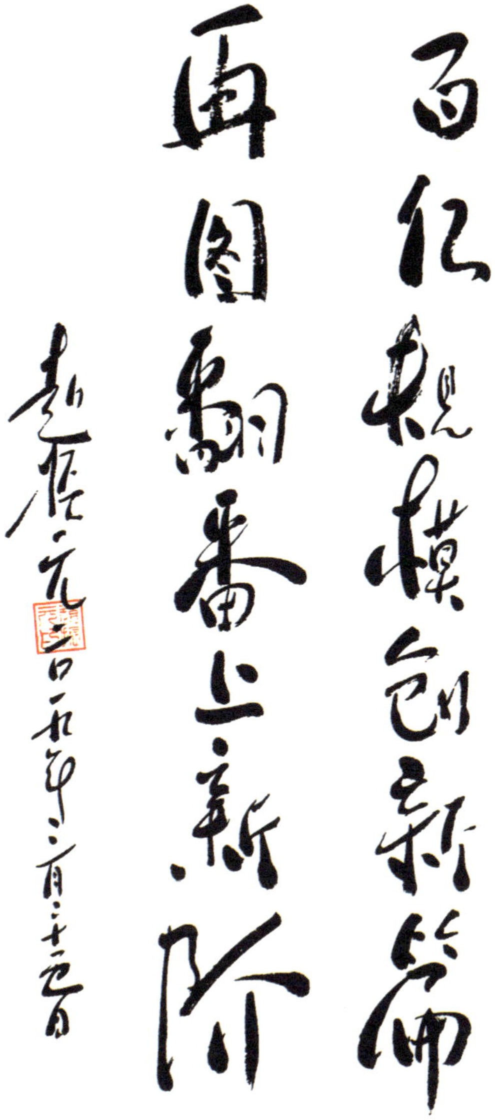

百仁飞扬横创新篇

再图翻番上新阶

赵履元书于辛巳年二月十四日

未见晨曦又出发，

摸着夜色再回家。

任凭风云多变幻，

光明在前齐心唤。

2019 年 3 月 15 日

作者注解：

　　由于工作的需要，时常来往成都与无锡两地，来往全国各地，常常是早晨出发，晚上回家，这首诗表达了这种心情。

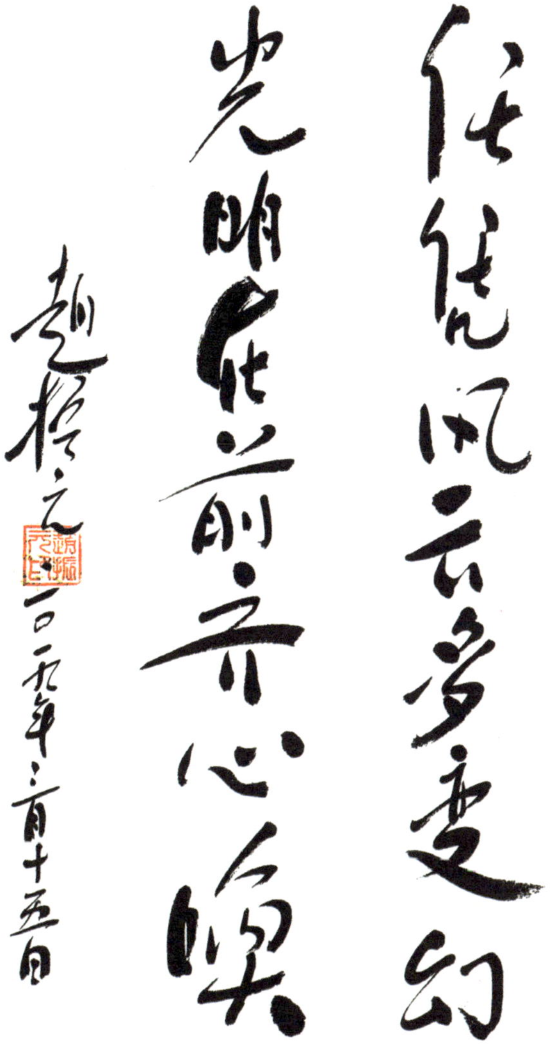

任凭风云多变幻

光明在前齐心唤

赵振元 二〇一九年二月十五日

遥望云海雾茫茫，

拨云破雾谋定动。

红尘滚滚一路飞，

越过丛林看溪水。

2019 年 3 月 15 日于 CA9542 航班

作者注解：

在飞机上，看到的是茫茫云海，但要破迷雾，还需要谋定而定。

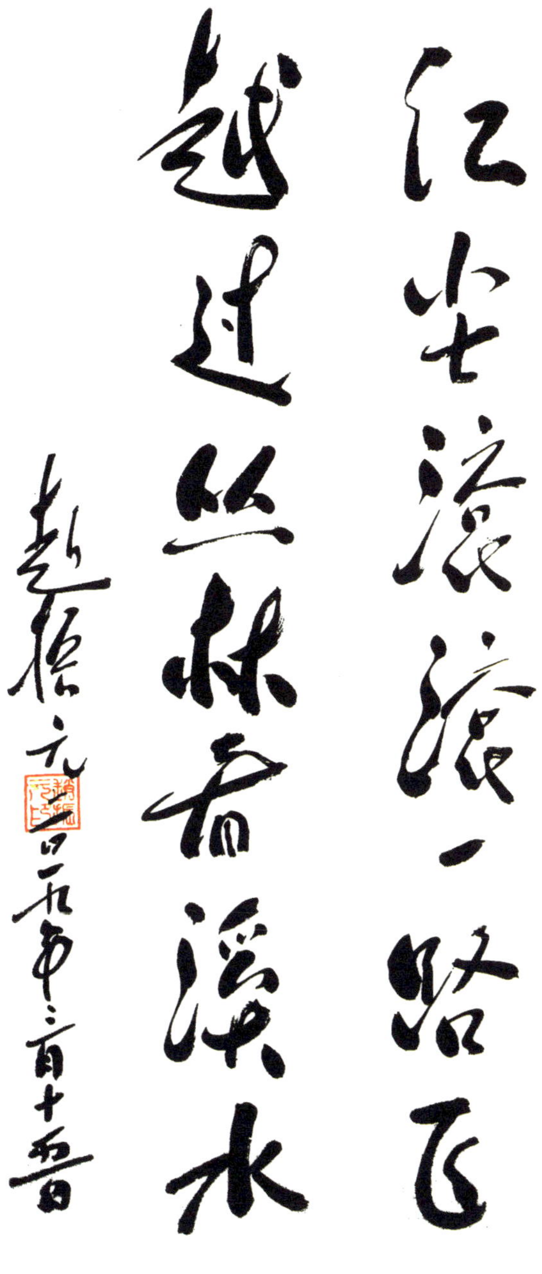

红尘滚滚一路飞
越过丛林香溪水

赵信元
二〇二〇年三月十番

万米高空常飞行，

唯有读书伴良辰。

千里穿梭两城间，

东边日出西边艳。

2019 年 2 月 27 日下午于 Z9543 航班

作者注解：

常在万米高空的飞机上，读书是消磨时光的最好办法。而穿梭在成都与无锡两地，往往迎来朝夕的不同景色。

万类高空竞飞行
唯有读书佛良居

赵唐元 二〇一九年八月二十七日

千里穿梭两城间

东边日出西边艳

插上翅膀建帝国，

香飘百年引时尚。

2019 年 2 月 27 日下午于 ZH9543 航班

作者注解：

在飞机上读《如果你生来没有翅膀——独立女神香奈儿传》后感。

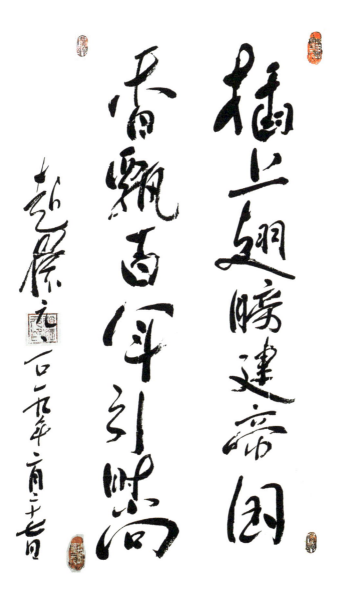

桥上翩跹建霓园

香飘百年引凤凰

起宸书 二〇一九年二月二十六日

赠王唯国、王毅勃同志

同门两大师

父子共荣耀

2017 年 1 月 12 日

作者注解：

　　王毅勃是我院刚刚当选的全国设计大师，也是集成电路行业唯一的设计大师；而他的父亲王唯国是我院的老专家，也是全国设计大师，是净化行业唯一的设计大师。同门出两个大师，是家庭的幸事，院的幸事，行业的幸事。

婚玉眼因圭毅勋川志

同门两大师

又子共荣耀

赵君元草元月 立寺

江苏·无锡

春光无限好，

蠡园分外娆。

有心来踏春，

更觉赏心悦。

2019 年 3 月 31 日

作者注解：

无锡的春天，非常美丽，春光无限好。

春光无限好，燕姊圆梦娆。

倾心煮酱青，更赏赏心悦。

志桓 二〇一五年三月二十日

无锡春光美

鼋头渚上好风光，

万千游人赏樱忙。

蠡园景美有特色，

阳山桃花红透天。

2019 年 3 月 31 日

作者注解：

　　3 月 31 日先到鼋头渚，后到蠡园，为鼋头渚的樱花谷而吸引，为蠡湖的长堤杨柳而喝彩。后又去了阳山，那里的桃花成片，映红了天。

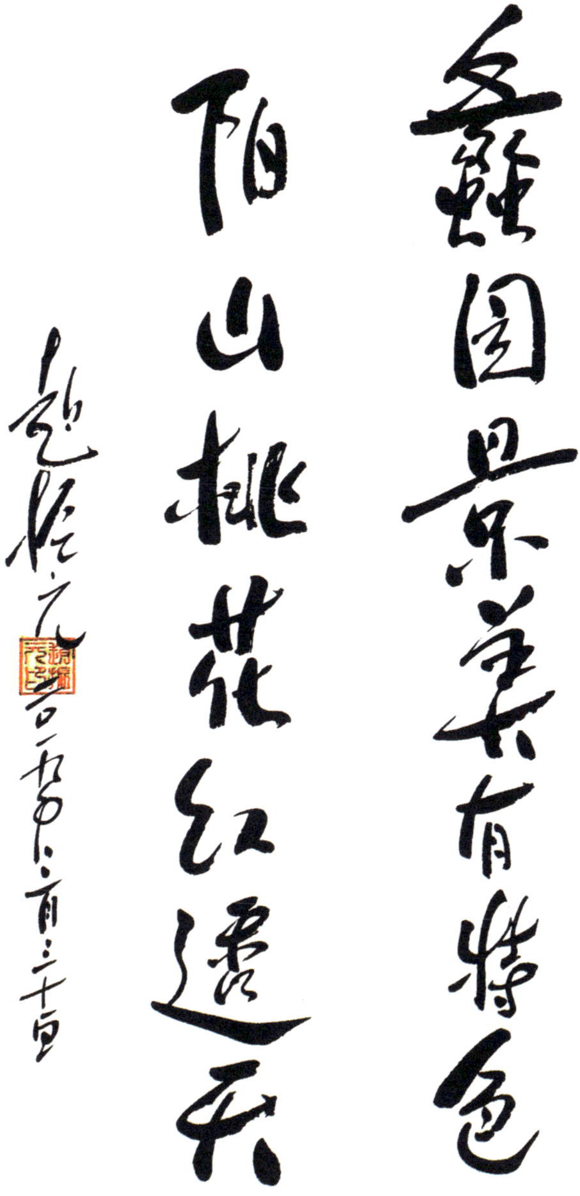

鼋园景美有特色

陌山桃花红遍天

赵佶九 二〇一五年三月三十日

无锡风光甲天下，

雨露水润花烂漫。

春舞花飞似雪飘，

百花争艳报春晖。

2019 年 3 月 31 日

作者注解：

　　春天的无锡，树叶像雪花一样飞舞，到处都是春的气息，风光甲天下。

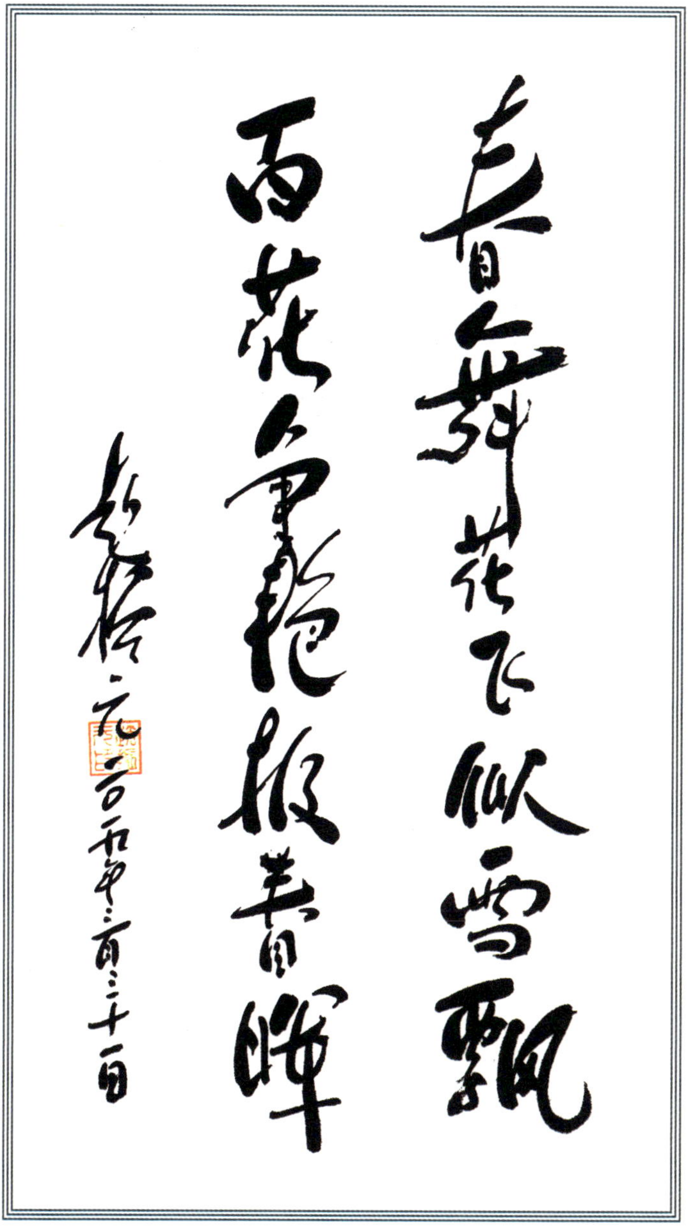

春舞花飞似雪飘
百花争艳披春晖

乙酉年三月三十日

春到江南美如画，

无锡春光比画美。

樱花飞舞桃花红，

梅花多姿百花艳。

2019 年 3 月 31 日

作者注解：

形容无锡的春天是江南最美的。

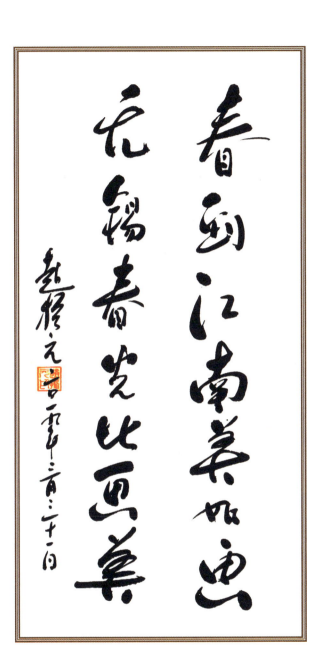

春到江南美如画
无锡春光比画美

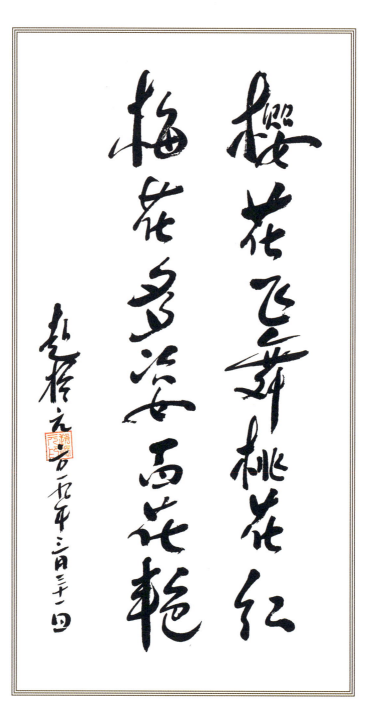

又是凌晨再出发，

梦醒不知归何处？

只听风雨夜有声，

跨上战马踏征程。

2019 年 3 月 16 日晨

作者注解：

　　凌晨出发，梦醒下机，到了目的地还没有醒过来，一时不知是何处。

又是凌晨再出发
梦醒不知归何处

新颖书
二〇一九年三月十七日

卧听风雨夜有声
跨上战马踏征程

书海有路读为先，

事业有成勤作舟。

出行遍交天下友，

摘得果实满车归。

2019 年 2 月 26 日晨

作者注解：

读书可以辨明方向，勤奋是成功的前提。

出海有路读为先

事业有成勤作舟

赵朴初书

一九九四年二月二十三日

出行遍交天下友

摘得果实满车归

志宽 二〇一一年二月二十六日

才别风雨蠡湖旁，

又到烟雨长广溪。

2018 年 12 月 22 日

作者注解：

　　上午在雨中的蠡湖旁晨练，中午与友人在长广溪相聚。

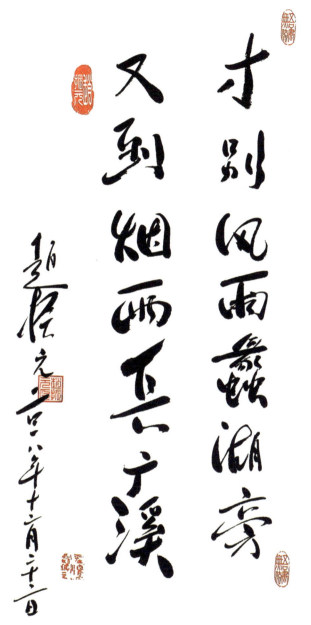

才别风雨鼋头渚
又到烟雨画长溪

江南风雨别样情，

美丽无锡处处景。

2018 年 12 月 22 日

作者注解：

    江南的风雨，是一种特别的情；在风雨中，美丽的无锡处处是景。

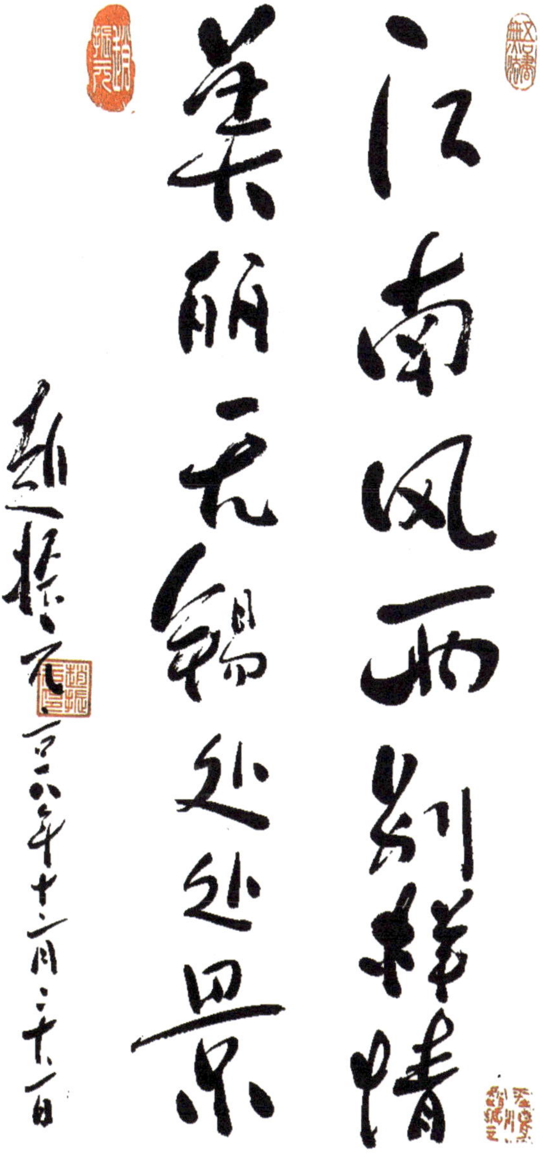

江南风雨别样情
美丽无锡处处景

赵振元
二〇〇八年十二月二十六日

南国春天已来临，

樱花时节人如潮。

不赶人潮纷拥时，

乐看晚霞樱花树。

2019 年 3 月 26 日晚于鼋头渚

作者注解：

　　形容人海如潮的无锡樱花节，而为了避开白天的拥挤，晚上在鼋头渚与客人相聚，已经没有了白天的人潮，但只看到晚霞中的樱花树。

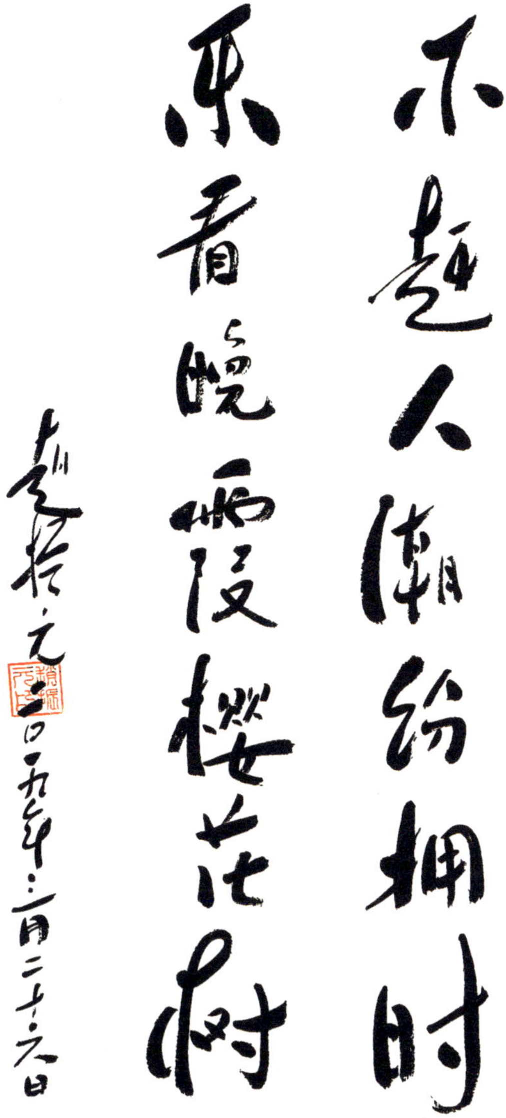

不起人潮纷拥时
原看晚霞映樱花树

赵朴初书
一九九四年二月二十六日

秋日江南之一

旭日东升阳光照，

仍见月影挂树梢。

秋风习习晨风劲，

碧空万里不见云。

2018 年 10 月 28 日 写

2019 年 7 月 2 日 书

作者注解：

　　早晨起来，在无锡的西郊瑞庭广场里散步。此时已经旭日东升，新的一天已经开始，但仍然看到皎洁的月影当空，挂在树梢。江南秋天的早晨，秋风劲吹，万里无云。

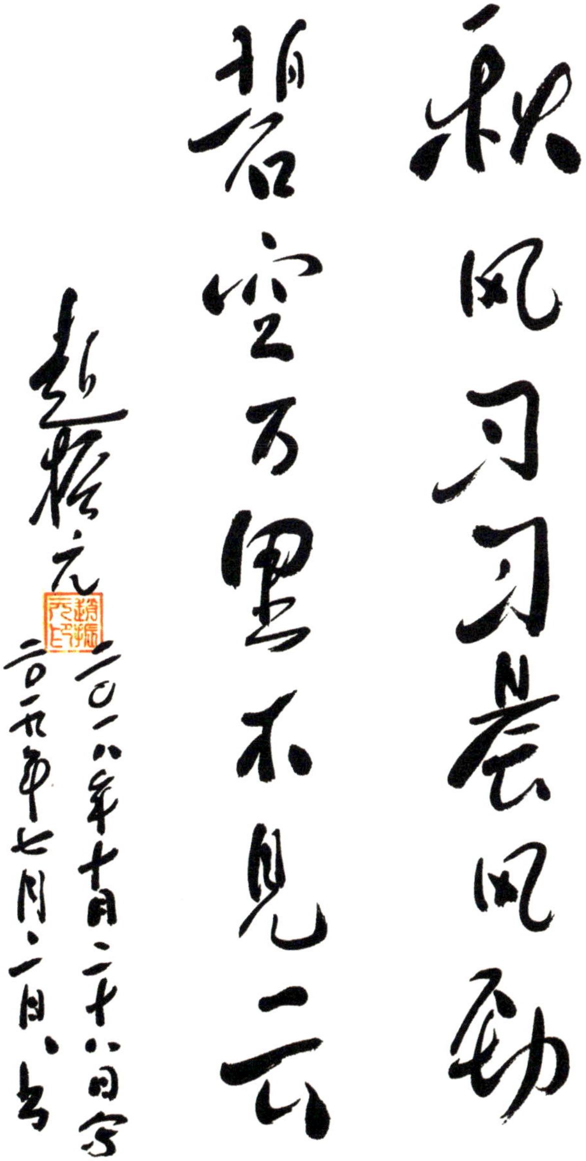

秋风习习春风动
碧空万里不见云

赵彦元 二〇一八年十月二十八日写
二〇一六年七月二日书

秋日江南之二

金秋时节叶纷飞，

湖光山色惹人醉。

正是江南好时节，

贵客千里好相约。

2018 年 10 月 28 日 写

2019 年 7 月 2 日 书

作者注解：

  金秋的无锡非常美丽，落叶纷飞，湖光山色是江南最好的季节，而在这个季节里很多远道来的客人，将如约而至。

正是江南好时节

最爱千里好相约

越腾元 二〇一三年十月三十八日写 二〇一五年七月二日书

江苏·南京

人生常在渡口旁，

离别再见寻常事。

2019 年 3 月 30 日

作者注解：

　　人的一生，有很多转折点，有很多渡口，面临多样选择；同时，人们相互间的别离也是寻常事，要乐观对待。

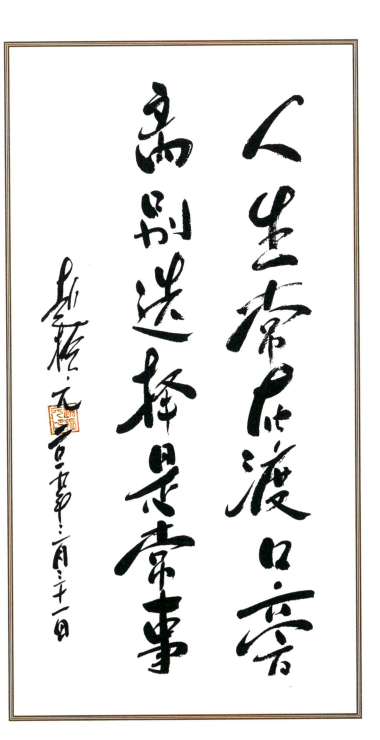

昨日残粉尚飘零

新红绿些再正当时

赵振光

二〇一九年三月三十日

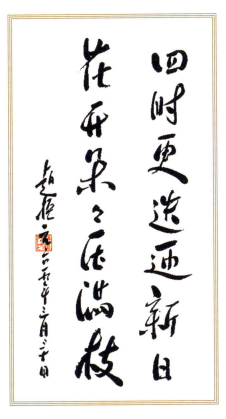

昨日残粉尚飘零，

新红盛放正当时。

四时更迭迎新日，

花开朵朵压满枝。

2019 年 3 月 30 日于南京紫金山庄

作者注解：

　　在南京出席上市公司董事长培训会期间，漫步在紫金山庄，正值春天花季更换，诗表达了这种情形。

花儿凋落有时稀，

新花又开正当时。

四季变换总推新，

绿枝红叶又一春。

2019 年 3 月 30 日于紫金山庄

作者注解：

    花开花落总有时，有些花儿凋谢，有些新花盛开。

回季变换色雅新
绿枝红叶又一春

老枢 二〇一五年三月三日

樱花骄艳匆匆去，

莫负春日赏花时。

花红落尽等来年，

机遇一失难再来。

2019 年 3 月 27 日

作者注解：

　　花的季节是很短暂的，春的时光很快就会过去。要抓住时机赏花，要抓住时机成就大业。

樱花陈艳匀匀去
莫负青青赏花时

赵震 二〇二五年三月二十七日

花红谢尽笔来年

机遇一失难再来

赵铮丁酉三月三十九日

破釜沉舟意志坚，

全力以赴攻艰险。

雄鹰自由展翅飞，

鹰击长空响万里。

2019 年 3 月 29 日下午，与南京分院环玄武湖跑

作者注解：

  在南京期间，与分院的同志们一起，环玄武湖跑。大家自由奔跑，力争上游，奋勇争先，犹如企业发展一样，要破釜沉舟，意志坚决。

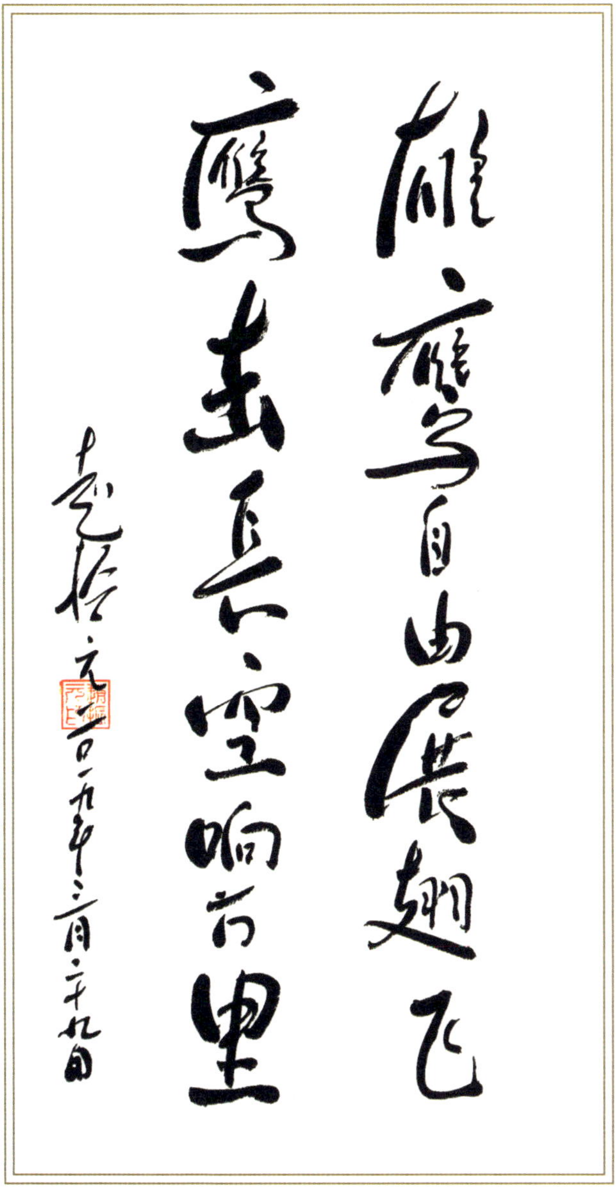

雕鹰自由展翅飞
鹰击长空响万里

老僧元二〇一九年三月于北方智

金陵阳光艳，

只因贵客临。

目视秦淮河，

口品金骏眉。

2019 年 3 月 7 日中午

作者注解：

　　出差到达南京时，南京城出现了多日不见的阳光，这里自喻为贵客。
与友人一起聚会，品尝金骏眉，同时在房间能看到秦淮河。

金陵阅兵舰，以目共容临，目视秦淮河，品品金陵眉。

志扬书〇一九年三月七日

今朝丰收喜上眉，

来年新雁更高飞。

2018 年 11 月 21 日

作者注解：

　　作此诗时（南京）在参加华东区第四季度工作会，华东区的形势预示今年将获好的业绩，期待明年再登高。

今朝丰收喜上眉
来年新雁实高飞

延根元 二〇一八年十月于南京

来时风雨别是晴，

雨后彩虹天空净。

2018 年 11 月 20 日

作者注解：

　　到达南京句容茅山酒店参加华东区 2018 年第四季度干部工作会时，
正值雨天，离开时已经是雨后天晴，彩虹当空了。

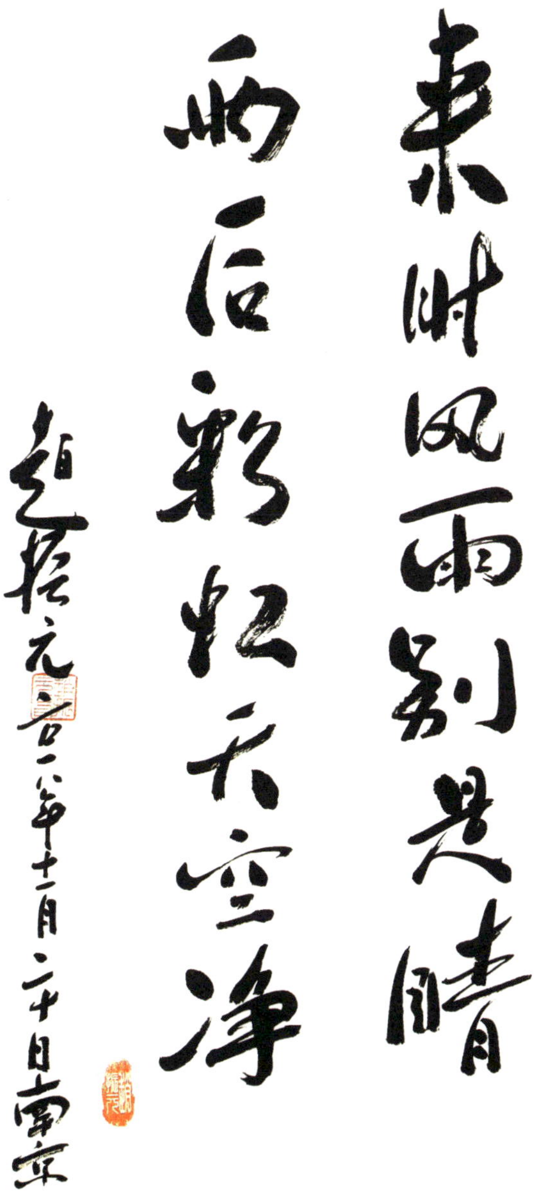

东郊风雨别是晴

雨后彩虹天空净

赵楷元

二〇一八年十月二十日南京

当年宁城曾扎根，

金陵几回风雨声。

2018 年 11 月 21 日

作者注解：

  我曾与战友们共同在南京驻扎过很长时间，参加了多个项目的总包，
常来南京推动市场的发展，在南京度过了很多风雨的不眠之夜。

当年宁城曾扎根

金陵几回风雨声

赵振元 二〇一八年十一月二十日 南京

江苏·苏州

夜泊姑苏之一

夜雨濛濛踏上道，

十里林荫国宾路。

借问酒家何处有，

夜泊姑苏金鸡湖。

2018 年 11 月 15 日晚

作者注解：

汽车在夜幕下的十里林荫国宾大道上行驶，寻找准备夜宿的金鸡湖饭店。

借问酒家何处有

夜泊姑苏金鸡湖

赵林 二〇一八年十一月十五日书 二〇一九年七月二日书

夜泊姑苏之二

久别重逢寻旧梦，

梦里依稀找归处。

新貌层出万千变，

还恋当年那模样。

2018 年 11 月 15 日晚

作者注解：

2018 年 11 月 15 日晚上，抵达苏州，苏州到处是熟悉的影子，当年曾经在苏州做总承包项目，前后历时好几年。

久别重逢寻旧梦
梦里依稀我归处

赵朴初词二〇一八年十月十五日分
二九年七月二日书

夜泊姑苏之三

忆否当年风雨日，

曾在此地共艰难。

今日红旗漫卷舞，

直捣黄龙缚大鲲。

2018 年 11 月 16 日

作者注解：

　　再次到苏州分院，不禁回想在苏州度过的日日夜夜，作为总承包的发源地之一，我在苏州住过很长时间，现在的强大已是当日无法相比。

苏州情

记当年军民两回
曾在此地共艰危
今日红旗漫卷舞
直捣黄龙缚大鲲

庚辰·于苏州
二〇一六年十月十二日

夜泊姑苏之四

落叶纷下仍是秋，

多彩枫叶依然美。

两湖风光挡不住，

寒风虽冷是暖冬。

2018 年 11 月 15 日

作者注解：

在 2018 年 10 月 15 日晚，抵达苏州，出席十一科技东南区第四次干
部会，先住在金鸡湖，第二天移至叶山安泊。当时已是深秋，落叶纷下，
但多彩的枫叶依然美丽。

落叶纷纷下似是秋，多彩枫叶依然美

赵恒元 书 二〇一八年十一月十五日写

二〇一九年七月二日写

苏州叶山安泊民居之一

姑苏园林名声震，

今日山水更迷人。

朝迎旭日照湖面，

晚落夕阳映红天。

2018 年 11 月 17 日写

2019 年 7 月 2 日书

作者注解：

　　苏州园林举世闻名。山水中的叶山安泊民居，朝迎旭日，晚映夕阳，别有一番迷人景色。

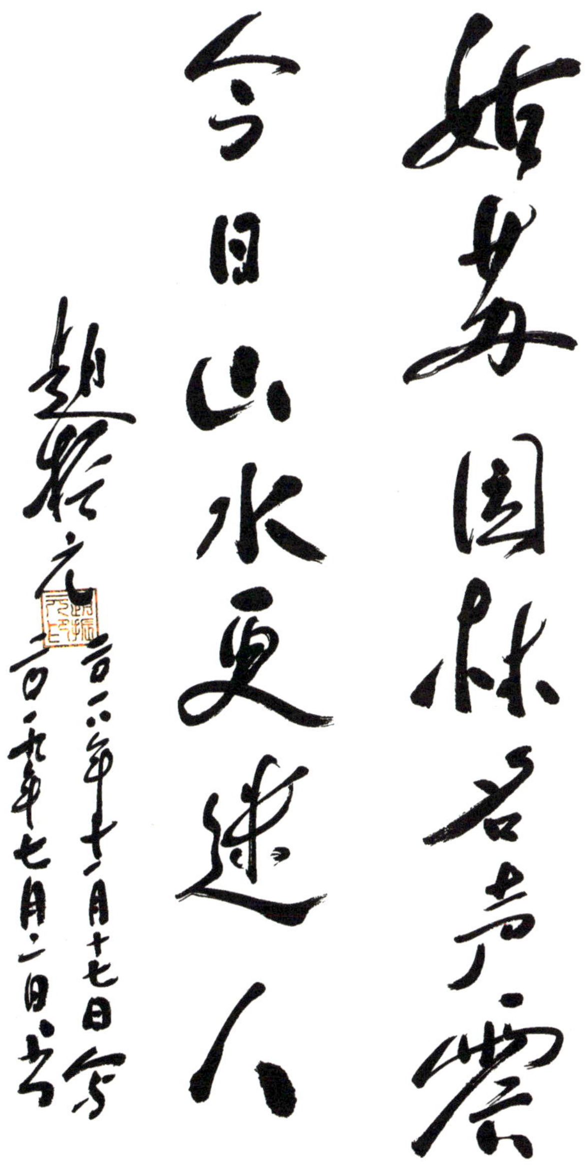

姑苏园林名声噪
今日山水更迷人

艺杉
二〇一六年十一月十七日
二〇一九年七月二日补书

苏州叶山安泊民居之二

水波粼粼碧波荡，

绿草青青太湖旁。

青峰叠翠民居隐，

山水相连胜仙境。

2018 年 11 月 17 日写

2019 年 7 月 2 日书

作者注解：

这首诗形容叶山安泊的优美环境，在湖光山色的包围中。

诗情画意咏人间

二三六

青峰叠翠又隐隐

山水相连胜仙境

赵绪元

二〇一八年十月十七日旦夕

三〇一九年青月重书

苏州叶山安泊民居之三

千年古城换新貌，

风和日丽江南情。

岛上居民真风光，

还是叶山安泊好。

2018 年 11 月 17 日写

2019 年 7 月 2 日书

作者注解：

　　现代苏州既保持着江南的风情与历史的传承，又体现了新时代的特色。而叶山安泊在苏州现代民宿中有一定的代表性。

岛上居民真风光
远是叶山安泊好

赵振元 二〇一八年十一月十七日录
二〇一九年七月二百录

别安泊

烟雨濛濛踏上路，

回眸一瞥别安泊。

温馨日子成记忆，

他日聚首再相会。

2018 年 11 月 18 日写

2019 年 7 月 2 日书

作者注解：

2018 年 11 月 18 日上午，结束了东南区干部的会，就要在雨中离开安泊民舍。过去的温馨日子，已经成为记忆，相约来日再聚。

烟雨濛濛踏上路

回眸瞥别安泊

赵建元

二〇一八年十一月十八日晏

二〇一九年七月二日写

浙江·莫干山

　　人，因静而思，因文而修；舍，因净而舒，因静而宁；家，因温馨而暖，因丰富而爱。

　　人在旅途，盼望有一个温馨的家，这个家不需要太大的地方，但要让你有一种宾至如归的全新感觉；人在旅途，需要安静的环境。

摘自《莫干山与净舍民居》2019 年 1 月

作者注解：

　　这是我发表在《散文诗世界》2018 年 11 期的《莫干山与净舍民居》一篇散文，很受大家的欢迎。位于莫干山下的净舍民居是一个很好的去处，而莫干山美丽的风光也会让你有好的心情。

人，因静而思，因之而修，
舍因净而舒，因静而宁，
家因温馨而暖，因丰
富而爱人在旅途的
望有一个温馨的家，
这个家不需要太大，
但要让你有一种宾
至如归的感觉。人在
旅途，需要宁静的环境。

摘自赵朴初
莫干山……
二〇一九年十一月

　　"风光多姿莫干山，人静心静在净舍。星月当空伴良宵，浓浓温情尽欢笑"，这是我对莫干山与净舍的评价。到莫干山来，看莫干山的风景；到净舍来，这儿是一个好的驿站，这儿是一个好的去处，这儿有温馨如家的感觉。这就是《净舍》，不妨，你去感受一下？

摘自《莫干山与净舍民居》2019 年 1 月

作者注解：

　　这是我发表在《散文诗世界》2018 年 11 期的《莫干山与净舍民居》一篇散文中的一段。净舍，就是一个好的驿站，有温馨如家的感觉。

风光多姿莫干山，人静心静居
"净舍"，星月当空，伴夜宵，浓浓温
情尽欢笑，这是我对莫干山的
评价。到莫干山来，看莫干山的
风景，到净舍来，这是一个好的
驿站，有温馨如家的感觉。这就
是"净舍"，不妨，你去感受一下？

撷月期赵先生莫干山与净舍题

二〇一五年十一月

爱人·亲人·友人

陪母亲登莫干山

初秋枫叶不曾黄，

浓浓亲情不曾忘。

儿行千里母牵挂，

母在远方儿想他。

2018 年 10 月 2 日

作者注解：

　　10 月 2 日，我陪九十高龄的母亲登上莫干山。离开家里已经有五十年了，无论行走在何处，始终想念着自己的母亲，母亲也在远方想念自己的儿子。

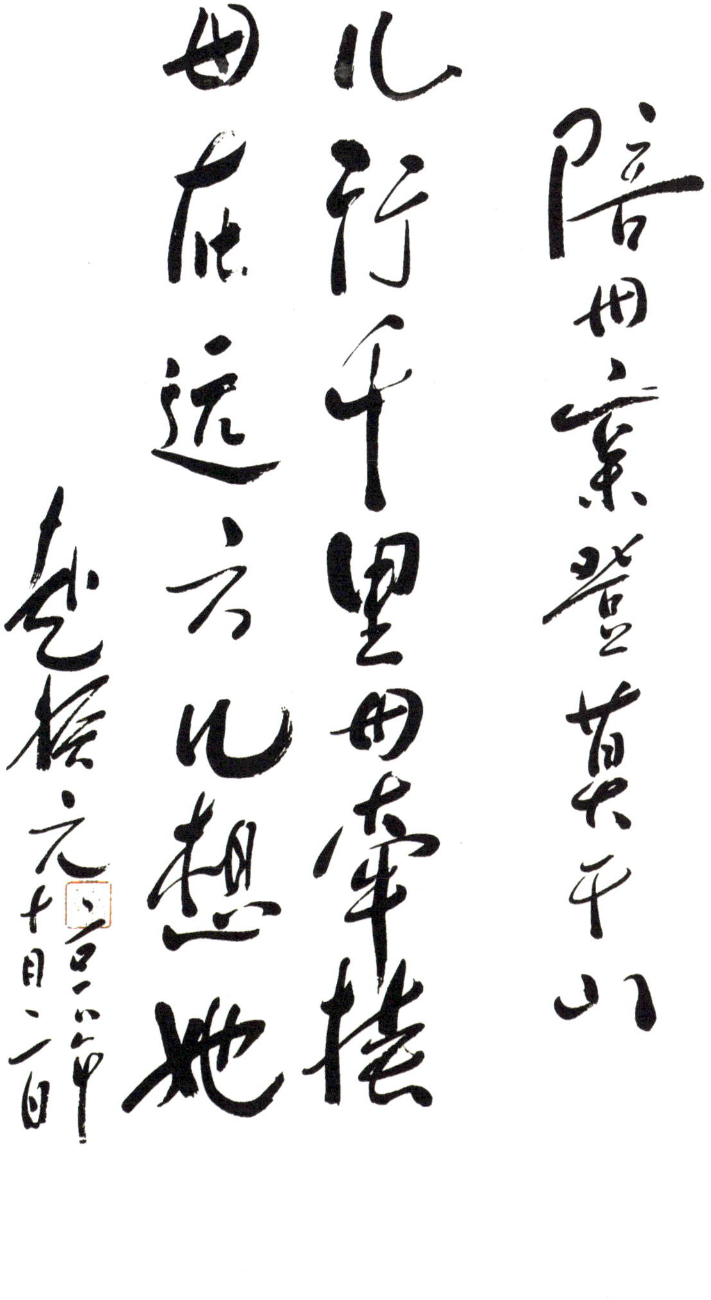

陪伴赏誉莫平山

儿行千里母牵挂

母在远方儿想她

毛锥 元月京师一白

呈母亲

风云五十载，

慈母心上牵。

养育恩难忘，

思母泪如潮。

2016 年 8 月 12 日

作者注解：

离开平湖、离开妈妈去内蒙建设兵团接近五十年了，五十年来永远难忘母亲的养育之恩。

呈母亲

风云五十载

慈世心之牵。

养育恩难忘。

思母泪如潮。

儿栖元 二〇一六年八月十二日哭 庚戌年六月十五日生

冬去春来又添岁，

夕阳晚霞更心醉。

要问年龄不知道，

期盼猪年福临门。

祝爱妻小平生日快乐！ 2019 年 3 月 1 日晨

作者注解：

    这是送给夫人小平生日的贺诗，一年一年过得很快，但夫人的退休生活忙碌而充实、绚丽而多姿，显示出青春的活力，无法判断她的准确年龄，同时期盼猪年福临家门。

冬去春来东又添山岁

夕阳晚霞更心醉

贺大大小平生日

一九九二年

一月日

赵朴初

要问年龄不知道

身防猫伞福临门

贺××单生日快乐

××乙卯三月一日

古国埃及初次游，

文明灿烂曾相似。

黄土古道诉历史，

珍贵宝物耀文明。

2018 年 10 月 2 日

作者注解：

　　这首诗为夫人访问埃及而作，埃及是具有辉煌灿烂历史的文明古国，与中国有很多相似之处。黄土古道与珍贵宝物都体现了当时文明。

黄土古道诉历史

珍贵宝物耀文明

为老小平法同揍及而题

赵□元
二〇〇八年十月二日

赠夫人埃及行

浪漫舞姿惊王后，

一路青春醒古侯。

莫道晚霞是夕阳，

胜过晨光红满天。

2018 年 10 月 2 日

作者注解：

　　国庆期间，夫人小平正与友人在埃及访问，从微信发回了一些埃及的照片。照片上夫人艳丽的服装、浪漫的舞姿、青春的气息，给人以深刻的印象，与埃及古文物的黄土特征，形成了鲜明的对照。我想，这种美会惊醒曾经在埃及闻名的王后与古侯吧！

浪漫舞姿惊王后

一路青春醒古侯

赠夫人陈及行

赵恒元

二〇一八年

十月一日

莫道晚霞是夕阳

胜过晨光红满天

赵振元 二〇〇八年
十月一日

中秋夜雨

（一）

中秋时节雨纷飞，

望眼欲穿盼月明。

隔空相望云雾阻，

雨中秋夜也是景。

（二）

书房有乐文章伴，

家有温馨妻相随。

喜闻战友捷报传，

披挂跃马再上场。

2018 年 9 月 30 日写

2019 年 7 月 5 日书

作者注解：

　　中秋节成都下雨，在雨中与太太一起过中秋，在书房度过了一个快乐的节日。中秋节的成都，在雨中也能感受到节日的气氛。

隔空相望云雾阻

雨中积夜也是景

赵朴初 二〇一八年初冬之夜

二〇一九年青青书

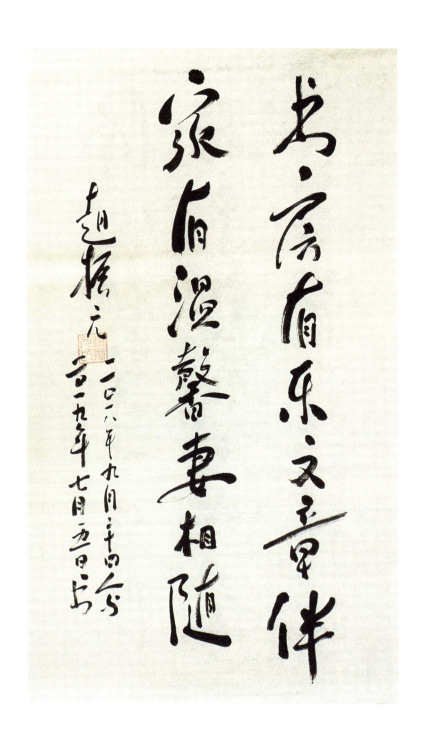

书房有东又章伴

家有温馨妻相随

赵振元书

二〇一六年九月二十四日今

二〇一九年七月五日占

一部《姐姐》传四方，

姐弟情深载史册。

2019 年 7 月 1 日写

2019 年 7 月 2 日书

作者注解：

　　我的大姐赵元元、二姐赵亚元对我非常关心，我们之间的感情非常好。我曾在散文集《江南的雨》中发表散文《姐姐》，后又在《太湖》杂志 2017 年 11 月总第 292 期发表中篇小说《姐姐》，记载了两位姐姐与我、与我们家庭一起走过的风雨历程。书和杂志的影响都很大，传到了四方。

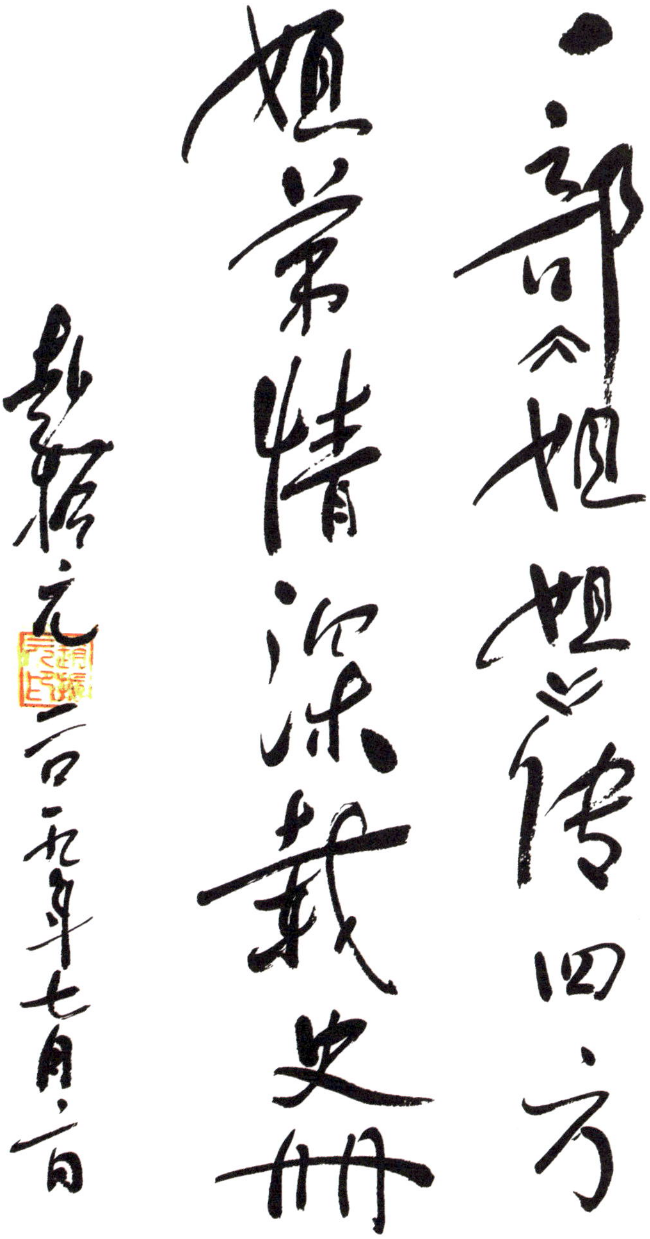

一部《姐姐传》四方姐弟情深载史册

赵括元 二〇一九年七月一日

当年屯垦在北疆，

战友情深一家人。

2019 年 7 月 1 日写

2019 年 7 月 2 日书

作者注解：

我与二姐赵亚元、二姐夫吴铁强同为内蒙古生产建设兵团一师三团二连战友，我们于 1969 年 06 月 15 日离开浙江，前往内蒙古。2017 年 07 月 21 日我们二连的战友重返内蒙古噔口，重访当年的旧址，这是那一天的合影。

当今世界是地球村

我友情深一家人

郭德元 二〇一七年七月二十五日书
二〇一五年七月一日书

金口一开破迷雾，

雷霆惊句醒万众。

青山绿水泽后人，

金山银山富万代。

笔底波涛汹涌，

口中满腹经纶。

胸有一轮朝日，

心中慈爱天下。

赠何建明老师 2019 年 3 月 26 日上午

作者注解：

　　在无锡梁溪大讲堂听著名作家、中国作协副主席何建明老师关于"绿水青山就是金山银山"重要思想的起源及其对中国社会的深远影响后感。

金口一开破迷雾

雷霆惊句醒万众

赠何建明老师

赵德发

二〇一九年·首石斋

青山绿水荫后人

金山银山富万代

赠何建明老师

赵挺 一九五年三月二十六日

笔底波涛汹涌

口中满腹经纶

赠阿建明老师

彭程二〇二四

一月二十一写

忆否当年塞北雪，

朝夕相处情谊深。

岁月沧桑心依在，

遥祝京城报平安。

赠兆华首长 2019 年 1 月

作者注解：

　　这首诗赠与原内蒙古生产建设兵团一师三团二连的指导员（也是兵团乌拉山发电厂一师施工连的指导员）。我在兵团期间一直与指导员在一起，他对我的成长，帮助极大。

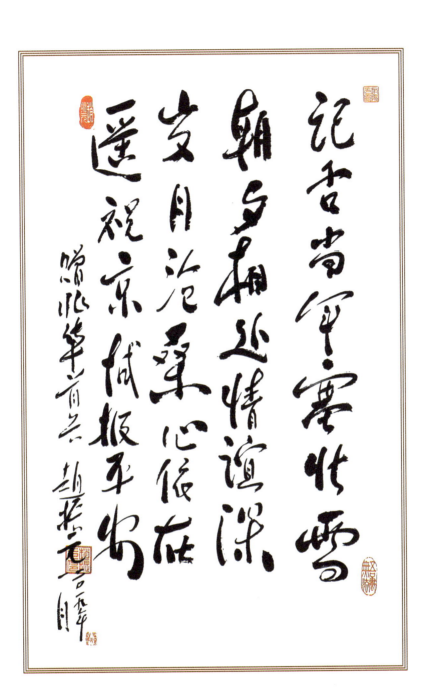

笑看风云变幻，

一生笑口常开。

赠尊敬的晓堂总经理

2019 年 1 月写，2019 年 6 月 20 日书

作者注解：

　　晓堂总经理是我尊敬的老领导，对十一科技的改革和发展给予极大的支持，对我也有很多深刻的教诲。他无论退休前还是退休后，都一直持非常乐观的心态。

笑看风云变幻

一生笑口常开

致尊敬的晓堂总经理

赵括·
二〇一九年十一月八日

二〇一九年六月二十号

当年平湖踏征程，

风云如磐夜有声。

一梦醒来五十载，

唯听津城平安音。

赠志信首长 2019 年 6 月

作者注解：

  王志信首长是 1969 年 6 月初来平湖招收知青的领队，我就是在他面试后进入内蒙古生产建设兵团的。当时，他任内蒙古生产建设兵团一师三团二连副指导员，我们在二连连部共同生活了近两年。后他任连长，从兵团退休后回天津定居。

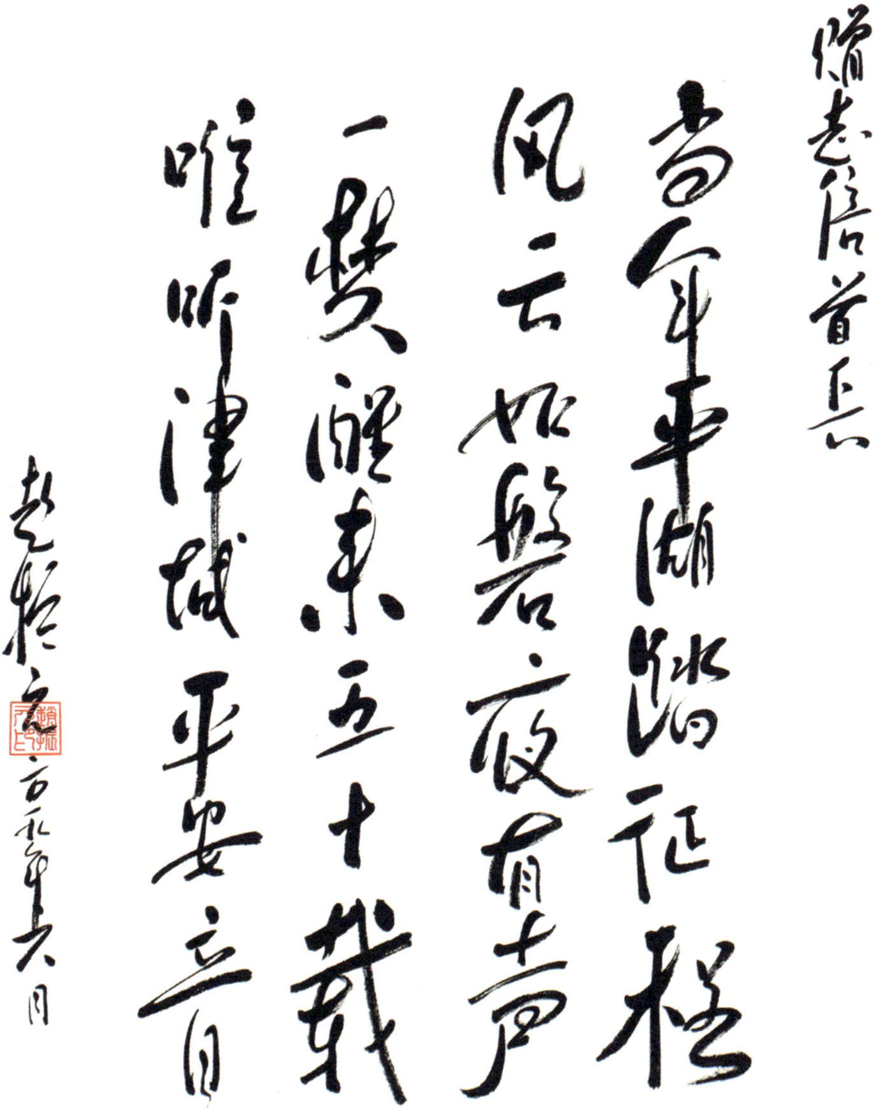

赠老伴七首其六

高令平湖踏征程
风云坎坷夜有声
一觉醒来五十载
唯听津城平安音

老毕 二〇一五年六月

一路风雨北国来，
幸福吉祥在京城。

2019 年 1 月写

2019 年 6 月 20 日书

作者注解：

　　与兆华首长在内蒙古北疆一直风雨同舟多年，如今祝他在京城幸福吉祥。

一路风雨北回东

章福吉祥在京城

赵相如

二〇一九年一月令

二〇一九年六月二十日

浙江·嘉兴

又是烟雨别嘉兴，

嘉兴山水都美丽。

一牵一挂总关情，

化作思念随风飞。

2019 年 3 月 28 日下午

作者注解：

　　每次到嘉兴来，遇到下雨的次数很多，大都是在雨中与嘉兴相会。在嘉兴短暂参加活动后，马上就返回无锡，两地的活动，都很重要，都牵挂着我的感情。

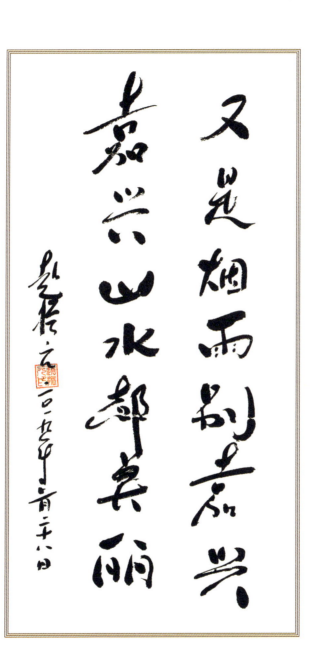

又是烟雨别嘉兴
嘉兴山水都美丽

一叶一枝总关情
化作思念随风飞

无极于己丑年二月二十八日

山东

当年孔子游列国，

如今四处巡回忙。

好苗还需精心育，

响鼓重敲声更高。

2019 年 3 月 17 日

作者注解：

　　在济南时，与山东、青岛分院等同志们谈话，肯定他们的同时，提出了更加严格的要求，鼓励他们更上一层楼。

好苗还需精心育

响鼓重敲声更高

赵启元二〇一九年二月十七日

山东情

（一）

又是一年好日子，

春临泉城醉满意。

新叶绿芽爬枝头，

齐鲁英雄壮志酬。

赠山东（青岛）分院 2019 年 3 月 16 日

作者注解：

　　表达了在济南期间，对两个分院工作的肯定，希望这两个新分院像新叶一样，继续实现壮志，登上新的高峰。

山东情

(一)

又是一年好日子，
春临高城醉满意。
新叶绿芽爬枝头，
齐鲁英雄斗志刚。

山东情

（二）

自古梁上兄弟多，

山东兄弟一家亲。

泰山压顶不弯腰，

齐力拉弓射大雕。

赠山东（青岛）分院 2019 年 3 月 16 日

作者注解：

　　梁山泊在山东，山东历来以讲义气为重。泰山也在山东，因此济南与青岛两个分院要加强合作，贯彻一家亲的理念，承担重任，合力实现更高的目标。

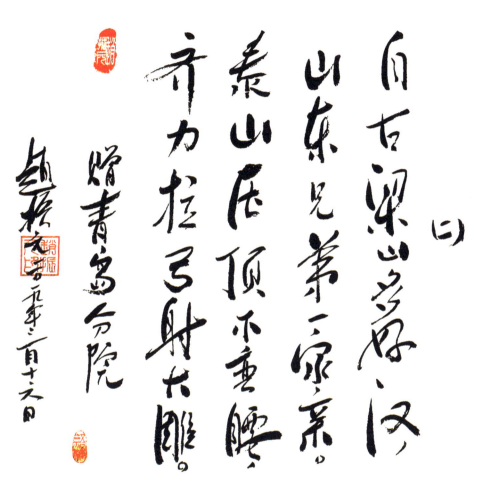

自古梁山多好汉，
山东兄弟一家亲。
泰山压顶不弯腰，
齐力拉弓射大雕。

山东兄弟一家亲

赠青岛分院

山东兄弟一家亲

青岛济南路相近，

两地分院同相聚。

携手共进谋大业，

山东兄弟一家亲。

2018 年 10 月 23 日

作者注解：

加强济南与青岛两个分院的合作，推动发展。

携手共进谋大业

山东兄弟第一家亲

赵启正 二〇一二年十月二十三日

北京·上海

当年京城风云密，

历历在目难忘怀。

旧去新来已皆非，

门庭若市成往事。

2019 年 2 月 26 日

作者注解：

在北京期间，来到原来常去的一些京城集团、机关旧址，北京一直是决策中心，也是人们必来的大都市，因公务的需要，我当年时常出现在那些地方。眼里浮现的是当年门庭若市的熙攘情景，而今物是人非，门庭若市已成往事。

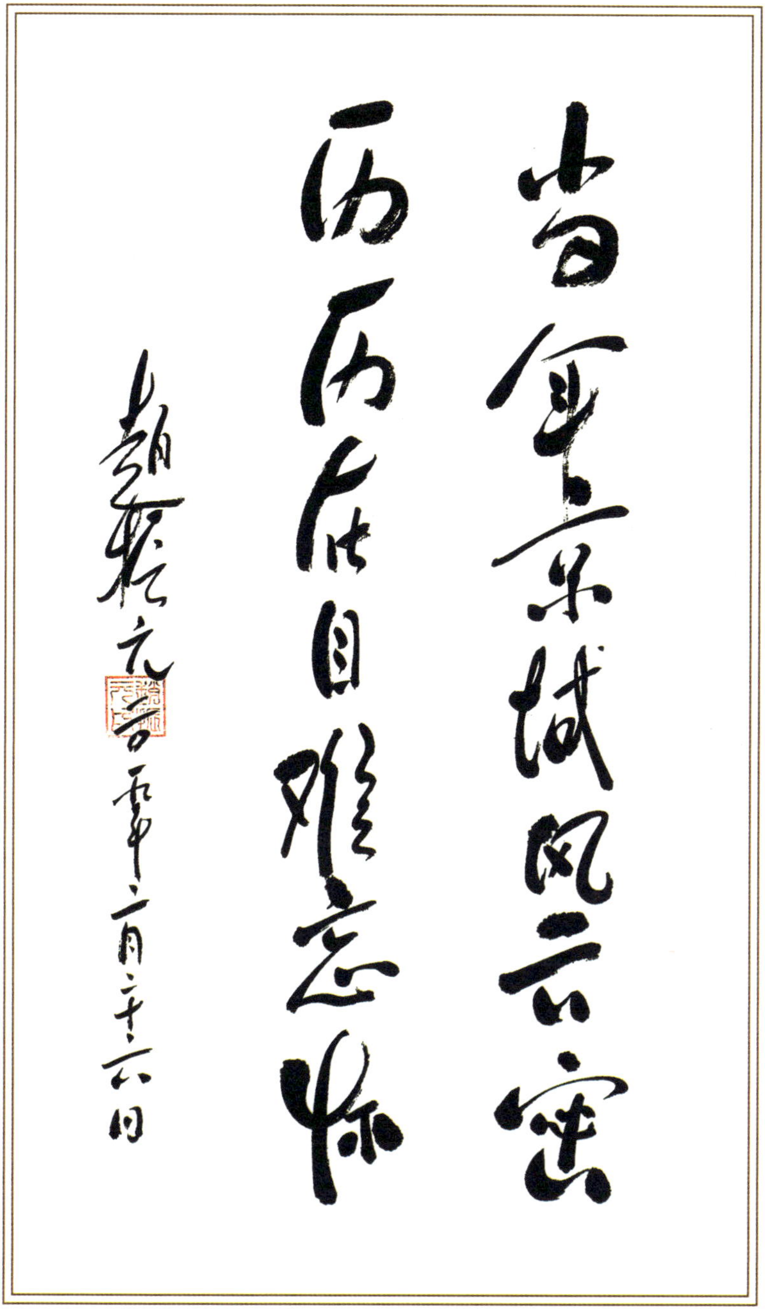

当年京城风云密
历历在目难忘怀

赖若愚
平二月二十六日

京城

自古京城多故事，

精彩总是伴蹉跎。

当年门庭人熙攘，

今日新人另开张。

2019 年 2 月 26 日

作者注解：

　　京城故事多，有精彩也有失意。当年门庭若市，然而原有主人早已不知在何方，只见新主人在忙碌着自己的事业。

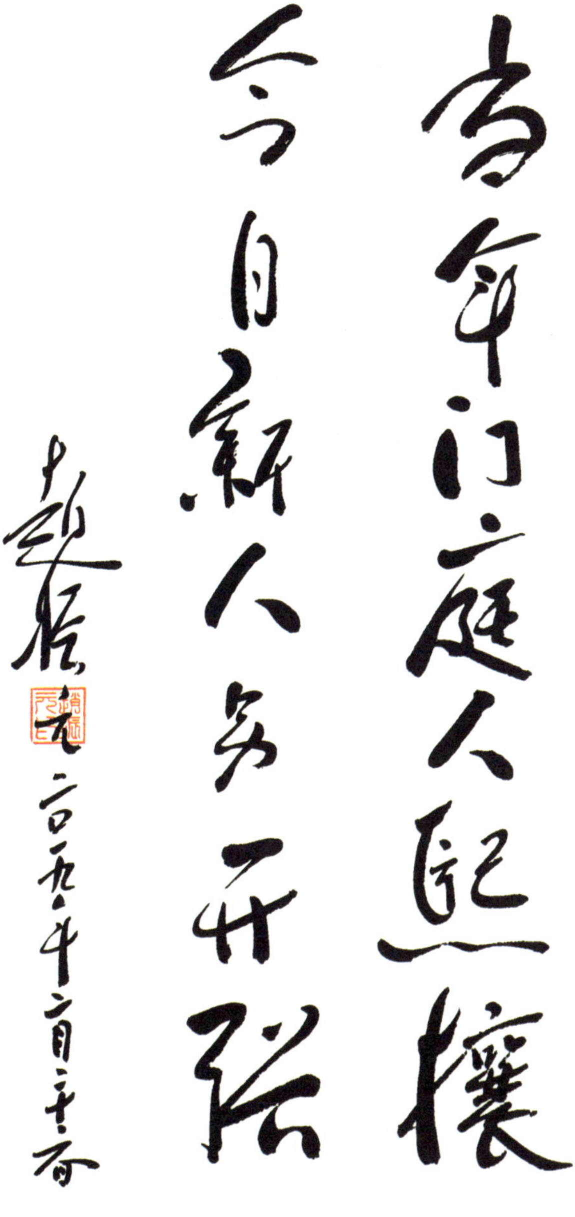

当年门庭人熙攘
今日新人多开张

戴居
二〇一九年十月二十五日晚

华虹旗帜分外艳，

只因战略意志坚。

赠素心董事长 2019 年 6 月 6 日

作者注解：

　　素心董事长以极大的魄力，带领华虹走出上海，落户无锡，开辟了新的战场，为实现长三角高科技一体化做出了突出贡献。

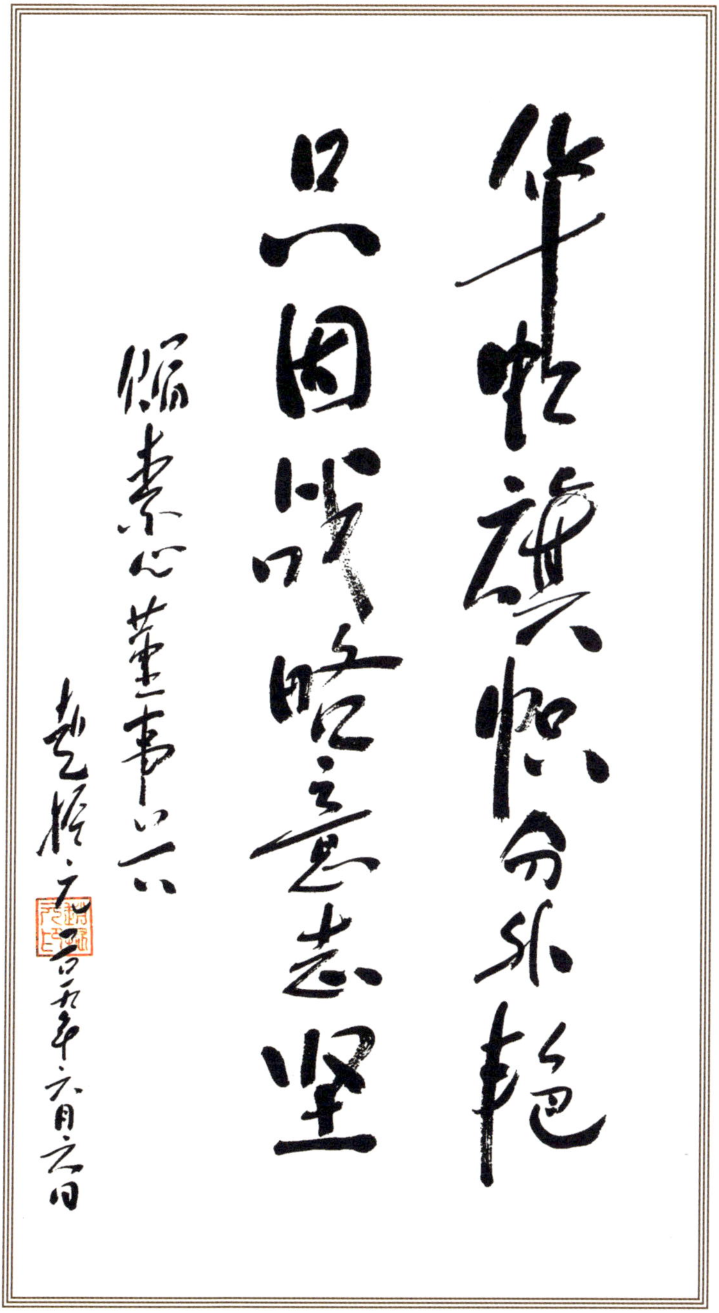

华帜旗帜分外艳
只因吐哈壮志望

偏赤心董事以六

志顺

二〇〇五年六月二日

华虹旗帜艳五洲，

无锡产业震四海。

祝贺无锡华虹首台光刻机搬入 2019 年 6 月 6 日

作者注解：

　　2019 年 6 月 6 日无锡华虹第一台光刻机搬入，标志着无锡产业强市结出了丰硕的果实，标志着无锡华虹向着投产迈出了关键性一步。

敬贺一无锡华恒首古先刻扎振入

华恒旗恨艳五洲

无锡产业震四海

赵启
二〇一九年六月吉日

浦江夜景

浦江夜景美两岸，

灯光照亮不夜天。

千年江水向东流，

游船划行赏美景。

2016 年 1 月 16 日写

2019 年 7 月 2 日书

作者注解：

　　夜晚在黄浦江畔，浦江两岸灯光闪耀，照亮了整个天际。

浦江夜景美丽两岸

灯光照亮不夜天

喜春元二〇二八年二月十六日书

一九四年青一百岁

祝福声声响耳边，

新年宣誓再出发。

2018 年 12 月 29 日写

2019 年 7 月 2 日书

作者注解：

2018 年 12 月 29 日在上海浦江岸边参加上海分院 2018 年年会和总结大会，作为十一科技最大的分院，上海分院实力最强，贡献最大，会谈气氛十分热烈。而那天恰逢是我的生日，因此祝福声和宣誓声在耳边响起，我们在新年再出发。

祝福声声响耳边

新年宜携吾再出发

赵麟元 二〇一八年十二月二十九日于
二〇一五年七月一日书

风云三十载，

山河换新天。

贺绵阳分院成立三十周年 2018 年 11 月 23 日

作者注解：

　　这是为绵阳分院成立三十周年而作，作为绵阳分院创立时的主要领导，我对绵阳分院有着特别深厚的感情。

风云三十载
山河模新天

贺绵阳分院成立三十周年

夏梧元 二〇〇〇年十月二十六百

三十年风雨，

改革成就伟业。

贺绵阳分院成立三十周年 2018 年 1 月 22 日

作者注解：

在绵阳分院成立三十周年之际，祝贺绵阳分院在改革中继续发展。

贺绵阳分院三十周年庆，

三十年风雨
改革成就伟业

赵振元
二〇一八年一月

河南·巩义

巩义康百万

虽然，已经相隔遥远，但儒家的教，做人的理，经商的道，字字珠玑，句句闪光。光芒照亮四周，玉宇澄清万里，处处留有余地，事事照顾四方。上善若水，厚德载物，下润无声，自强不息传大道。这是做人的大道，这是经商的诀窍。警句回响，生命浩荡，薪火相传，生生不息。

2016 年 11 月 6 日作

2019 年 4 月 15 日书

作者注解：

这是摘自《我们走在大路上》一书中的《虽然已经遥远——记巩义康百万庄园》一文。康百万揭示给大家的，不仅是经商的哲学，还有做人的道理。

巩义康百万

星芒已经相隔遥遥似儒
家的教做人的理保商的
道字字珠玑句句闪发光
芒照亮四周玉字澄清万
里处处当有余地事事照
随四方以善若水厚德载
物下润无声自强不息传
大道这是做人的大道这是
保商的读书声馨句回响生
命浩瀚薪火相传生生不息

　　雨中的红叶，别有一番情调。细细绵绵，只有轻轻的雨声，发出的声音。与你倾诉，周围的一切，显得如此安宁。此时红叶，是另外一种美丽。美得你，不舍离开；美得你，与她同在；美得你，永恒怀念。细细的雨，滋润着大地，甘露着红叶。

2016 年 11 月 5 日作

2019 年 7 月 15 日书

作者注解：

　　这是摘自《我们走在大路上》一书中的《满山红叶——巩义青龙山景区巡礼》一文。巩义的红叶是一种特别的情怀，而雨中的红叶更是美丽，值得永久怀念。

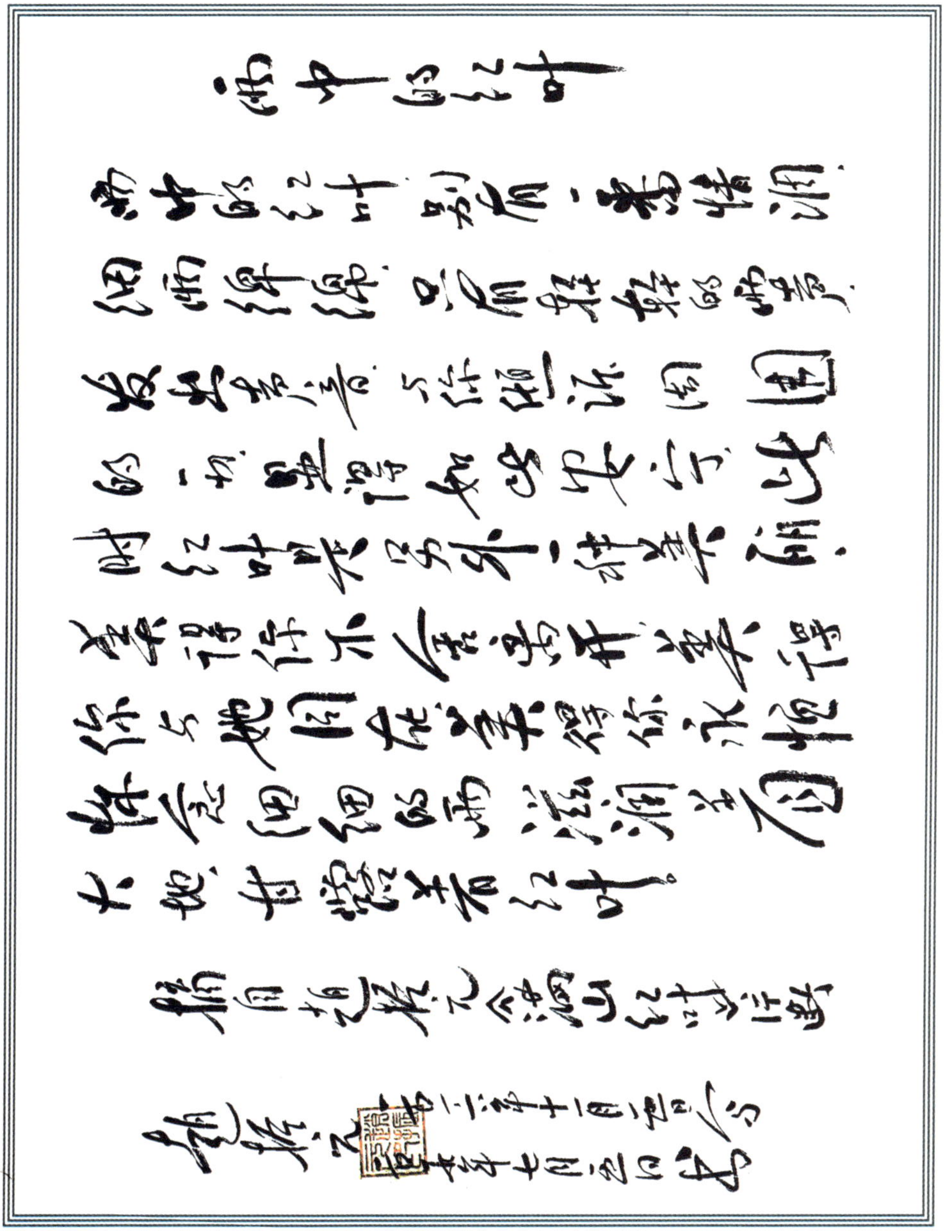

风雪将军岭，

合力事竞成。

祝贺十一科技巩义光伏发电站并网 2016 年 12 月 23 日

作者注解：

　　我们在巩义将军岭修建的光伏电站，在风雪中屹立，在阳光下发电，造福于人民，繁荣了山区。

风雷将军岭

合力事竟成

龙贺军神技光化电站并网

赵岩二〇一六年十二月二十三日今赵岩二〇一九年六月十二日书

天津·内蒙古

内蒙中环十周年庆

（一）

扎根内蒙十年整，

中环创出新征程。

十年心血谱新曲，

誉满中华写史篇。

2019 年 3 月 10 日

作者注解：

到内蒙古出席中环内蒙十年庆，不禁回想起十年前在内蒙服务中环、
与浩平一起出席开工典礼的盛况。十年来内蒙中环在浩平的带领下，大
展宏图，在塞外写下了壮丽的诗篇。

内蒙中环十周年庆

（一）

扎根内蒙十年磐

中孙创业新征程

十年恋血谱新曲

誉满中华写史篇

内蒙中环十周年庆

（二）

塞外雪舞红梅艳，

十年建功成大业。

产业发展结硕果，

荣誉耀眼装满屋。

2019 年 3 月 10 日

作者注解：

十年来，内蒙中环硕果累累，荣誉满堂。

（二）

塞外雪舞红梅艳，

十年建功成大业，

产业发展传硕果，

荣誉耀眼装满屋。

内蒙中环十周年庆

（三）

津门携手定终生，

内蒙追随同扎根。

宜兴再写新篇章，

巨人向前永同行。

2019 年 3 月 10 日

作者注解：

我们在天津与中环结下了友谊，开启了合作的征程，后追随中环在内蒙扎根，后又在宜兴布点，一直追随中环这样的产业巨人，共同前行。

津门携手定终生，
内蒙追随同扎根。
宜兴再飞新华章，
巨人向前永同行。

十同校友姬振元
二〇一六年三月十日

贺内蒙中环十周年庆

诗唤飞雪翩翩至，

雪后暖阳穿云来。

2019 年 3 月 10 日

作者注解：

在中环十周年庆时，突然下起满天大雪，而活动结束时，雪停下来，阳光穿云而出，真是一种奇特现象。

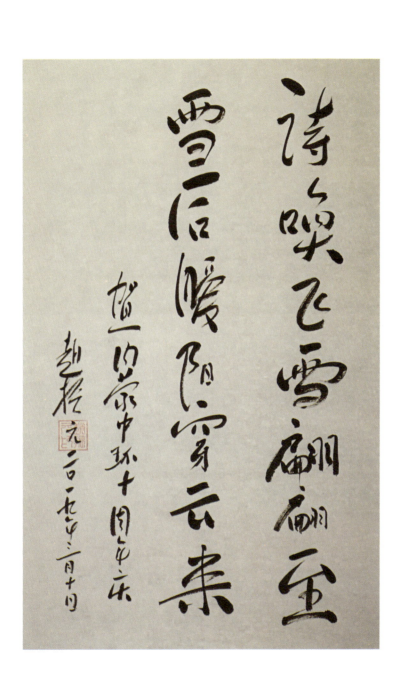

十一科技华北大厦
坐落于天津市滨海高新区，北临华北第一高楼117大厦，
西临京沪线天津高铁南站，地理位置优越。

十一中环同心，

双子共立津门。

贺中环股份上市十周年 2017 年 4 月 21 日

作者注解：

　　我们与中环在天津 107 大厦旁共建两栋大楼，一栋是中环大厦，一栋是十一科技华北大厦，象征着我们合作与友谊的继续。

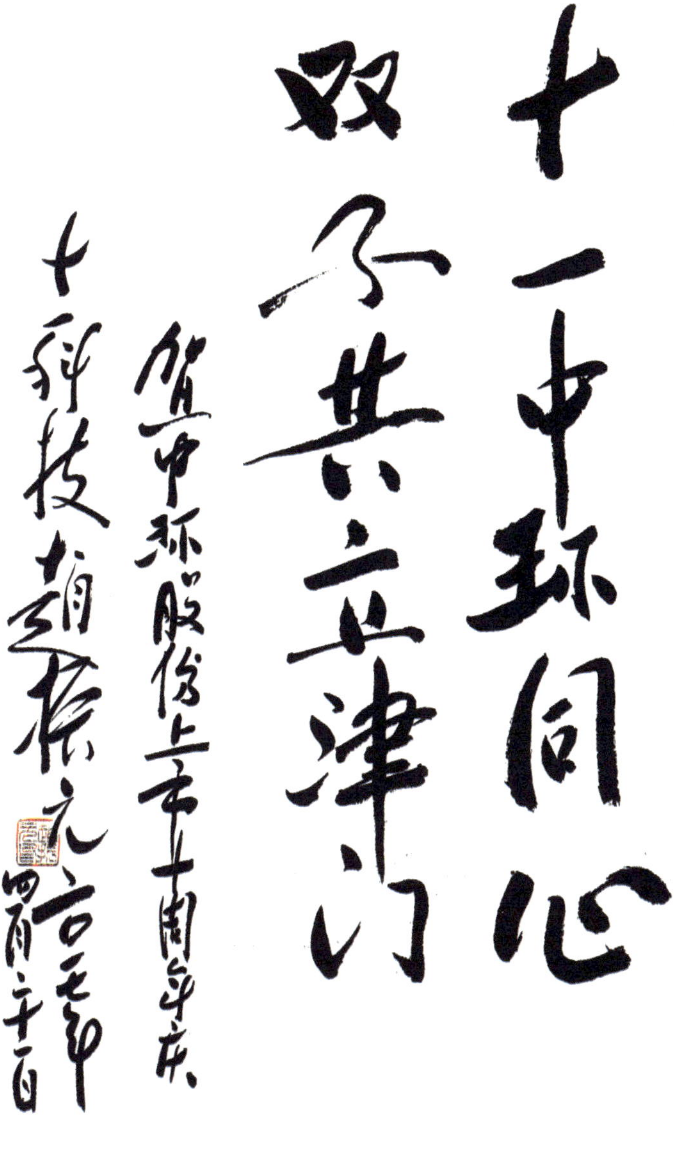

十一中环同心
双不其立津门

贺中环股份上市十周年庆
十环科技赵振元拜顿
乙亥十一月

安徽·歙县

卖花渔村

千里踏青寻梅花，

初春红梅花未谢。

要问花儿哪最美，

卖花渔村漫山艳。

2019 年 3 月 8 日

作者注解：

慕名而去，千里寻梅，安徽歙县卖花渔村的花儿最艳。

千里踏青寻梅花
初春红梅花未谢

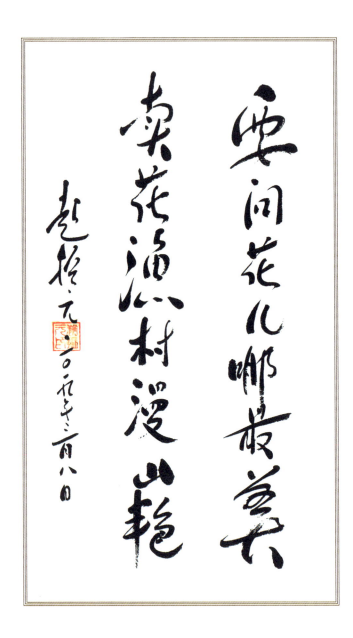

要问花儿哪最美

卖花渔村浸山艳

赵振元 二〇一九年三月八日

急行千里追花潮，

花期虽过花仍醉。

相约来年再相会，

红梅独艳伴君随。

2019 年 3 月 8 日

作者注解：

　　到了歙县卖花渔村，虽然刚过了花期，但漫山的梅花依然盛开，明年一定提前去赶花期。

愈诗千里追花潮

共赏明色迟花似醉

趙楷 二〇一九年三月八日

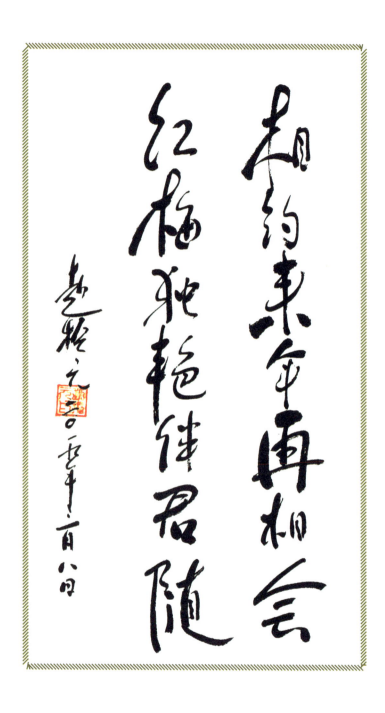

相约来年再相会
红梅妩艳伴君随

新安江山水画廊

一江秀水两岸清，

水雾茫茫胜仙境。

红绿辉映春色美，

千年樟树绿叶翠。

2019 年 3 月 8 日

作者注解：

　　新安江山水画廊在安徽歙县境内，景色秀丽。在凌迎华导游的带领下，我们游览了两岸秀丽的景色，也看了千年的樟树，留下了深刻的印象。

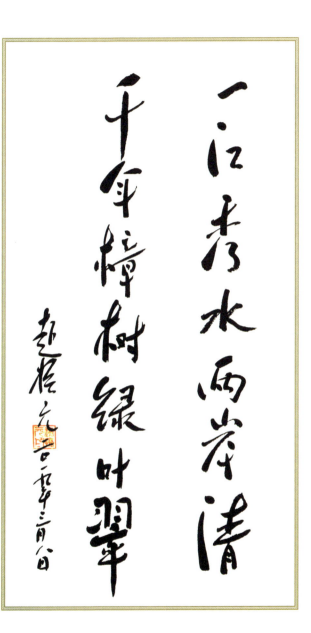

一江秀水两岸清
千年樟树绿叶翠

赵君瓒
二〇一五年三月日

红绿翻转寻常事，

淡看浮云根要实。

红梅枝头喜鹊闹，

寒风还在春已到。

2019 年 3 月 8 日

作者注解：

股市上的红绿翻转是寻常事，人生中的起起伏伏也很正常，要淡看浮云，脚踏实地，迎接春天的到来。

红梅枝头喜鹊闹
寒风迎屁春已到

赵朴元〇五年前八日

三潭枇杷

一江绿水是金山，

万重枇杷是银山。

金银辉映耀钱程，

三潭枇杷好风景。

2019 年 4 月 21 日

作者注解：

应凌迎华导游之邀，为安徽歙县三潭枇杷村而作，诗中体现了"绿
水青山，就是金山银山"的思想。

一江绿水是金山

万重枇杷是银山

毛岸元 二〇一五年四月三十一日

诗歌与书法

赵振元

诗歌创作，始终与人类的发展相依而行。在唐朝，诗歌创作达到了一个不可逾越的巅峰，涌现出了李白、杜甫这样的伟大诗人，而到了宋代，诗歌向词迅速发展转化，又涌现出苏轼、王安石、柳宗元这样的伟大词人。时代总是在发展，时代的文学也在发展，任何时代都需要一种更加适合时代的情感表达方式。唐朝的诗，宋代的词，成为人们诗词追逐向往的最高目标。

之后，诗与词的发展，相互促进，互相补充，相得益彰，谁也不能替代谁，谁也离不开谁。诗，以词为基础；词，丰富了诗的空间。

在现代社会，各种自由体诗应运而生，人们很少再按照唐诗的严格韵律来作诗。唐诗的顶峰已经很难超越了，而学习经典古诗词的浪潮却经久不息，人们从古诗中汲取营养，似乎也成为现代社会的一个潮流。

"江山代有才人出，各领风骚数百年"，这是清朝诗人赵翼的诗句，应当对我们后人有启示。从古诗中吸取丰富的营养是必要的，但面对火热的现代生活，我们如果完全无所作为，试图从古诗中寻找现代社会的一切答案，这是不可能的。诗歌的创作，总是在特定的历史背景下进行的，都会留下特定的时代烙印。

"仰望巨星，我们心潮澎湃；书写新的历史，我们同样信心坚定"，这是我对继承与发展的注解，因此我斗胆把最近几年来一些自认为好的诗词精句佳作挑选出来，与大家分享，同时也希望开辟与探索新诗创作的路子。

我比较擅长写散文，写诗词精句是相对较吃力的。但有时情感波澜，如同箭在弦上，不能不发；思绪激荡，如同决堤的闸口，不能不泻，因此产生不少自以为的"精句佳作"，好在可以"奇文共欣赏"，大家可以品头而论足。

讲到书法，我是一个新兵，严格地说，连书法爱好者可能都算不上。因为既没有系统地学习，也没有认真地练习，只是喜欢随手写，更多的是应一些会议与朋友们的邀请，写上一些以博一乐。没有系统的练习，随意性，是我书法的真实写照。

我的书法，大都书写自己的诗歌作品，而把自己的诗歌作品中的精华、佳句书写下来，慢慢地成为一种习惯。积累多了，就成了现在这样的一本书。

写出自己的诗词与书法，有一种特别的成就感，特别是得到大家肯定时，更是如此。自己诗，自己字，成为我诗词书法作品的一个特点，而朋友们也都很喜欢这种方式，如今将这些诗和字汇总在一起装订成册，是对我的一种鼓励，也是对朋友们的一种馈赠。

中国的诗歌与书法，如同浩瀚无垠的宝库，有无数璀璨夺目的艺术作品，这些经典作品星光闪耀，照亮了我们几千年的文明历程，而无数杰出诗人与书法家更成为我们一生崇拜的偶像。

我们永远无法企及这些闪耀在我们上空的星星，但我们仍然可以寻找星空的轨迹，发现星空的方向而努力追赶。这样我们就不会永远在迷雾般的过去中生活了。

我们生活在一个新的伟大时代，我们生活在中国最富强的时代，我们应当无愧于这个时代，无愧于无数先辈对我们的厚望，应当创造出这个时代所需要的作品，发出我们这个时代的声音，为这个辉煌的时代而呐喊。不能因为自己渺小而不敢发声，一切以古为上，以古为训，对我们，对时代，对古人，对现代人，都是没有好处的，因为这限制与阻碍了进步。

在古代，诗歌与书法虽然也是通用的艺术，然而更多的是达官贵人们地位与身份的一种象征，无法走进普通百姓之中。

在现代，诗歌与书法已经走出深宫庭院，走进普通劳动者，成为他（她）们喜怒哀乐情感抒发的艺术渠道，成为他（她）们生活与工作的内容，成为他（她）生命不可缺少的一部分。无论是青少年，或中老年人，都可以从中获得快乐，获得知识，获取力量，从而使自己的青春更具活力，使自己的生命大放异彩。

鲁迅先生说过"世上本没有路，走的人多了也就成了路"，一切艺术形式源于生活，在生活实践中不断丰富发展，不断变化，不断推陈出新，才能走出现代的路。人们大可不必言必及古，而要更多地在继承中创新，走出自己的路，走出新时代的路，活出时代的精彩，活出时代的风貌，寻找更多适合于时代的艺术形式。

"生活就是艺术，艺术带来快乐"，这是对艺术的广义理解，虽然生活与快乐不是艺术的全部，但离开了生活的艺术成为无源之水，无本之木；而没有快乐的艺术，终究也难以被更多的人接受。

在紧张的工作间隙，在激烈的市场竞争环境下，在看似平淡的生活中，我们可以有很多的爱好。这些爱好丰富着我们的生活，为原本枯燥无味的生活增添乐趣，使生活充满阳光，工作充满斗志，人生充满快乐。而诗歌、书法以及歌唱、舞蹈、旅游、锻炼、交友与休闲等，或许是我们一个不错的选择，不信你试试。

衷心感谢十分尊敬的何建明副主席，他多次为我的书写序。他的序言，激情澎湃，高屋建瓴，真情流露，如同一首激越的诗篇；而他作为一代文坛领路人，他的作品始终感动着我。他的奉献与拼搏精神，始终感染着我，我们从不相识到常见面，他如同一面光亮的镜子照耀指引着我在多彩的文坛上前进。

感谢宓月主编一如既往的精心策划与编辑，这些精心策划具有大胆创新，奠定了本书的基础；感谢作家出版社的大力支持；感谢院办朱丹同志对我书法作品的长期保存，感谢何璐同志参与本书的初编与书法作品的保存工作；感谢很多友人陪伴我旅行，这些旅行成为我创作灵感的重要来源，而友人们的同行则丰富了本书。有些友人，虽然没有同行，但也提出了很好的修改意见，为本书采纳。

我特别感谢太太小平，参与本书策划，很多创作旅行有她的相伴与相随；感谢她对我的诗词和书法创作一直给予巨大支持，时常提出一些中肯意见，这也是我得以进步的重要原因。

路，还在继续，永无止境；精彩，来源于生活，生活是永不枯竭的创作源泉；目标，永远在前面，在诗歌与远方。

2019 年 1 月 17 日晨速写，后多次修改

2019 年 6 月 20 日终稿于 MU 2905 航班

赵振元同志不仅是著名的企业活动家，也是著名的诗人。这是赵振元同志 2018 年 4 月 23 日在巩义出席"2018 年杜甫故里诗词大会"获特别荣誉奖时，与诗乡小朋友们的亲切合影。